心靈低眉那一刻

蕭蕭

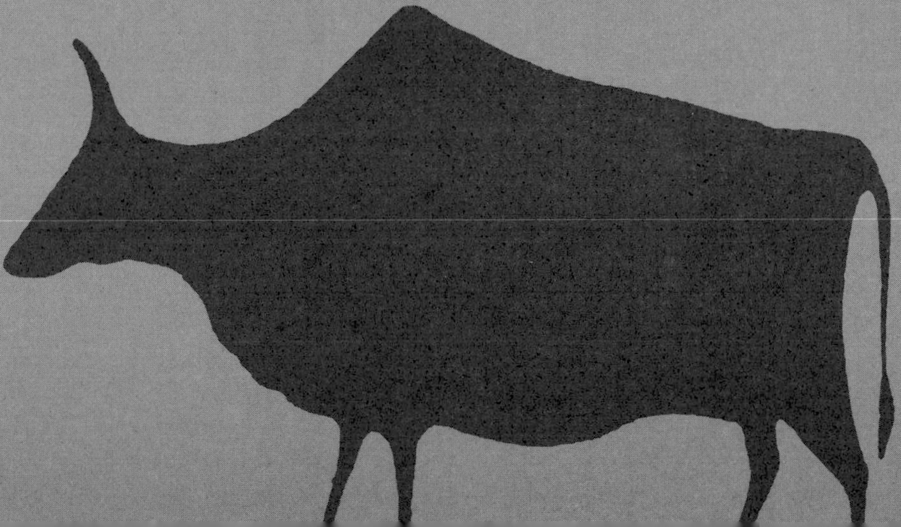

目錄

自序　心靈低眉那一刻 007

輯一　物與悟的氣息

雲卷雲舒豈有期？ 012
山川異域，風月同天 014
風月新境界 016
如何瞥見萬古長空？ 018
九十五度C的茶香 020
村姑紅玉 022
素心如雪 025
心，需要潤澤 027
我們仍然是布衣裹身 031
未終卷 035

輯二　鄉與向的樞機

鷹旋的家鄉　056
走向自己的遠方　063
龍行大地　069
八卦，常民的高度　075
扇形輻射的能量——兼及詩人錦連　081
那一棵芒果樹靜靜看著　088
最頑固的幾個字　094
睡在牛牢間的那個晚上　099
我與牛在田中寫的字　102

輯三　詩與思的牽繫

靜了群動・空納萬境——〈你的詩笑了嗎？〉之一　110
不要把關關關在籠子裡——〈你的詩笑了嗎？〉之二　112
朽木——〈你的詩笑了嗎？〉之三　114
騰跳的必要——〈你的詩笑了嗎？〉之四　115
興觀群怨的翻譯——〈你的詩笑了嗎？〉之五　116

周延：隨意的伸延——〈你的詩笑了嗎？〉之六 117
窈窕與窈然——〈你的詩笑了嗎？〉之七 119
自然的玄思小道——〈你的詩笑了嗎？〉之八 120
審視夢想鱗片——〈你的詩笑了嗎？〉之九 121
虛空無盡而你在其中——〈你的詩笑了嗎？〉之十 122
修多羅的花串——〈你的詩笑了嗎？〉之十一 124
荷花定律——〈你的詩笑了嗎？〉之十二 126
斷——〈你的詩笑了嗎？〉之十三 128
捨——〈你的詩笑了嗎？〉之十四 129
離——〈你的詩笑了嗎？〉之十五 130
斷捨離——〈你的詩笑了嗎？〉之十六 131
稻農與米蟲——〈你的詩笑了嗎？〉之十七 132
一心清，萬詩澈——〈你的詩笑了嗎？〉之十八 134
神豬的繫連——〈你的詩笑了嗎？〉之十九 136
燕子如何飛掠天空——〈你的詩笑了嗎？〉之二十 139
詩與文明的交互滋濡——我讀鄭愁予的〈宇宙的花瓶〉 143
北方的弦有北方迷人的調調——我讀瘂弦 154

輯四　人與仁的投契

跨界：新感覺派小說練習簿　166
無心有意處星光熠熠　171
德語課札記　180
詩的大提琴裡不可或缺的低音——懷念辛鬱　193
勁健是神——懷余光中明道之行　202
危崖上獨與天地精神往來的鷹——向天涯獨行的洛夫致敬　210
老兵張拓蕪　221
認識卡夫，我們的生命有了厚度　228
詩脈人生的兩座脈源　236
送管管回陶淵明的桃花林　243
蔡文甫健步而行的啟發　249

附錄　蕭蕭散文書目（二〇二二年一月）　252

自序
心靈低眉那一刻

一開始只是為了寫「彰化」，跟世上所有的作家一樣，從自己的肚臍眼寫起，那是日日審視、日日熟悉、日日親暱的所在——長長一生的肚臍眼，我們的彰化。

第一眼要寫的是執筆當時的感受，或許是一種持續湧動的「愛」，只是當時的自己不一定有所醒知、有所覺察。從小沒有人會天天追問我「你最愛誰？」，也沒有人跟我說過「愛」這個字，即使是祖母、父母，頂多是閩南話的「疼」、閩南話的「惜」；鄰居常說到的愛字，是結合「愛哭愛食愛綴路」的那個「愛」，我彷彿沾不上一點邊邊，從小不愛哭（淚腺是後來才發達的），不貪吃（物質的慾望未曾增長起來），不喜歡群聚（書中獨對聖賢就是人生的美好了）。但我相信「愛」一直存在。雖然那時我單純在三合院的大稻埕奔跑，在神木級的芒果樹蔭下納涼，裹著小腳的阿媽的生活圈就是我的天地，秀才的三合院正是我一生的肚臍眼，這「臍」，往上繫連著「秀才」所含蘊的長遠的儒家文化，「三合院」所圍攏的閩南情義；這「眼」，逐漸擴展到縱貫整個彰化東境的八卦山脈，往西舒放的彰化平原，往南可以聽聞的濁水溪奔流；這「肚」量，我可以感知那是「心」向天地開放的無限量的能。

當我的心向天地開放，我的腳也邁向泥土、邁向遠方，邁向文化認知、文學實踐的路。

這一天，我重閱自己的文學生平，特別注意到一九七〇這一年，這一年的二月記錄著：「寫作散文〈流水印象〉，《這一代》月刊連載。初識蘇紹連。」簡單的三句話，其實是相連的。一九七〇我還在金門當兵（少尉新聞官），我投稿了準備五月出版的《這一代》月刊一篇散文〈流水印象〉，不曾謀面的主編陳恆嘉、陌上桑回信說，可以採連載的方式，繼續寫下去，這是多大的鼓舞啊！後來我的散文、新詩，很多以「組詩」的方式創作，彷彿可以無盡的串聯、衍生如無止境的想像，這是《這一代》主編的暗示所發酵的效果嗎？也是在《這一代》月刊的聯繫信上，主編說，為蘇紹連的〈火壁之舞〉寫一篇評介吧！我是這樣深入認識蘇紹連的，那時，不識紹連其人，認識的是他先後剛發表的四首詩。

一首〈火壁之舞〉，我寫了四千字的評述，精細的字質研究，理性的分析，結構的拆離與組合，古典的呼應與衝擊，似乎也奠下了自己寫作新詩評論的模式，接下來的三個月，依著這個模式，一口氣我撰述了三萬字論文，在金門的石頭裡，評析洛夫一首五十多行的〈無岸之河〉，限於篇幅，後來分成初論、再論、三論，分由三本文藝月刊發表。一九七〇這一年，我的散文寫作，展現了語錄式的小品綴連，也習慣於長篇的文化思考，而中道的、抒情的生活實錄則一直持續著，那是所有正規散文家寫作的基本模式。

一九七〇的下半年，我進入國文研究所，研究文學理論的結晶——詩話，特別是「不著一字，盡得風流」的這一系，另方面也一起參與了青年詩社的策畫與組織，這異於前行代的詩社，要能同時兼顧文化的傳承與現實的關注。

不可思議，距今五十年的一九七〇，扼要而簡潔，周全且完備，預習了這五十年來我的文學生命。

把我當散文寫作者的朋友，會把我歸入「鄉土派」散文家，因為我盡在彰化的鄉野馳想，登上八卦山脈最高的橫山遠望，彷彿隨時在訪覓「鄉與向的樞機」的一個偏鄉小秀才。其實我也寫凡常的散文，總在「物與悟的氣息」裡，循著小小的線索，尋得生命的小小出口；至於「人與仁的投契」，卻顯露出我的孤僻，投契者盡是另一片孤帆、另一隻孤鷹、另一頭孤岩，濁濁塵世裡獨白、獨醒的人。

好在這一生信仰老子的水，信仰流動，風和雲，從人性與水性的互動中調整水與誰的距離，那是片段的覺察與省思，剎那的電光石火，由此引申到「詩與思的牽繫」，是不是也有許多人生的彷彿、隱喻？要你在詩與思的牽繫，天與人的感應，心靈低眉那一刻，神祕地微微一笑！

回首這五十年的文學旅程，一開始只是為了寫「彰化」，寫到今天，發現我們都是在寫彰化——「彰明大化」那個大工程。值得我們日日審視、日日熟悉、日日親暱的那個「大化」，我們繼續趕路，繼續「彰明」她吧！

蕭蕭

二〇二一年秋分之後，寒露之前

輯一

物與悟的氣息

雲卷雲舒豈有期？

走過國父紀念館的翠湖，小小的櫻花園角落八重櫻開了，雖然還屬天公的生日期，但遊客不多，因為遠方有城市封街鎖巷，影響了地球上很多角落，每個人都將自己限居在別人的兩公尺距離之外。很特殊的一個春節——春之關節十分突出。

因此，我走上了少人行的流蘇小徑。我知道她是流蘇小徑，不是因為她開著白色小花，流蘇開花是在四月，早一個月輪值的是吉野櫻，晚一個月油桐，她們早排好了輪值期，從三月開始，吉野櫻、流蘇、油桐花，輪流在臺灣的綠野間下著靄靄白雪。現在才二月一日，立春未到，臺灣的雪，只白著玉山的後腦勺。

但我知道她是流蘇小徑，因為我在每一年的三月間曾經迷戀她枝頭的純潔。

只是二月的流蘇，可以叫她灰流蘇、黑流蘇、禿流蘇……就是不能叫白流蘇，即使是張愛玲也不能，光禿禿的枝枒，跟隔壁的吉野櫻沒有兩樣。不開花、不長葉的禿枝，就是禿枝，這時她不是吉野櫻、也不是流蘇，其實，真認識的人也或許能叫她吉野櫻、也能叫她流蘇。

地上的花可以優閒的看著她開、看著她落，不管她是吉野櫻、還是流蘇，她的花期總是少則十幾天，多則幾十天，唯有那天上的雲，不管她是暮雲、還是朝雲，你如何能優閒的看著雲慢慢卷、雲又慢慢舒？

二〇二〇年二月二日

山川異域，風月同天

武漢，二〇二〇年一月裡因為微渺的病毒（COVID-19），一下子成為世界上最有名的城市。武漢人十分不甘願，但人世間不甘願的事何其多呀！

面對這樣巨大的災難，比鄰的日本伸出了援手，「日本漢語水平考試HSK事務局」送給「湖北高校」相關的救助物資，一箱箱的紙箱子外側總印著一行小字：「山川異域，風月同天」，多貼切而溫馨！

細細的漢字，也透露著深厚的文化因緣。根據《宋高僧傳》的記載，唐玄宗開元元年（七一三），日本有和尚抵達揚州，懇求鑑真和尚（俗姓淳于，揚州人，六八八—七六三）東渡日本宣揚佛法、傳習戒律，鑑真和尚提到更早時，日本曾送千件袈裟到中土，當時宰相長屋親王有〈繡袈裟衣緣〉詩：「山川異域，風月同天。寄諸佛子，共結來緣。」就繡在袈裟內（見《全唐詩》卷七三二之十一），原題下有注：「明皇時，長屋嘗造千袈裟，繡偈於衣緣，來施中華。真公因泛海至彼國傳法焉。」日本重提這首詩，謙虛地表示這是雙方文化的結緣，情意的交流，不是濟助、支援的物資流通。

「山川異域，風月同天」，如果以蘇東坡「但願人長久，千里共嬋娟」的祈願情懷來看待，卻是相契相合的啊！人是在不相同的山川異域，這山川異域還可能隔絕千萬里，所幸還有頭上的風月在，這祈求平安幸福的心願，舉頭望著風月所代指的天，不分人種，你我相同。

二〇二〇年二月四日　立春

風月新境界

「山川異域，風月同天」，再度出現在中日的情義交流活動上，一方面重溫唐朝鑑真和尚幾次東渡日本，不僅宣揚佛法，還影響了日本醫學、書法、文化的發展，一方面也見證漢字文化「詩意象」深厚的內涵與溫潤，東渡、西傳，質地依然鏗鏘！

「山川異域，風月同天」，多優雅的一副對句，山與川，一高一低，卻都黏附在大地上，共同歸屬於「域」字偏旁的「土」；風與月，一飄一著，卻都麗掛在人類所共同仰望的「天」。「域」是可以切割、畫分的，這一區、那一塊；「域」字右邊的「或」是不確定的，可大可小，這一大區、那一小塊。「或」字外圈加上一個大大的「口」，那就是不同疆域的、人為的「國」，強弱、貧富，總有許多不同的級度可以判讀。「天」就不同了，雖然有風、雲、晴、雨的現象倏忽變化，「天」仍然是那一片天，穩穩在後面頂著、挺著，能有哪樣的山川、異域、顛簸、距離，可以限囿我們？

在認「真」的路上：

根器的利鈍，可以限囿我們嗎？

因緣的厚薄，可以限囿我們嗎？

那一年我在虎山登山口的善書房，努力搜尋《金剛經》版本，朋友問我為什麼要蒐集那麼多不同的版本？我說，入學晚，要多參看啊！他說：入學早或晚，都可以同樣認識佛學，親炙佛學。

今天想想，那時他說的，不就是「山川異域，風月同天」！不管資質愚或賢，不管機緣深或淺，更不論此岸還是彼岸，只要有相同的一顆慈悲心，都可以在風月的照拂下同飲喜悅之泉啊！

二〇二〇年二月六日

如何瞥見萬古長空？

元宵節，以前總是有射燈虎、猜燈謎、鑽燈腳的文人或情人的活動，近年來只剩下饕客式的吃湯圓全民運動，好在民間還保留大型的除瘟疫、祈福祉的儀式，炸寒單、迓燈排、放天燈，在臺灣各地進行。

初中時，最早接觸猜燈謎，記得其中一則是「風月無邊——射字二」，直到第二天，仍然沒有任何眉目，請教國文老師何、國文老師張，依舊找不到切入口。多年以後，才知道「風」字無邊，需要去除四周的筆畫，裸露出內部的「虫」；「月」字無邊依樣塗抹去三合院的保護，這就留下了「二」。「風月無邊——射字二」，謎底竟是「虫二」兩字。

逆向操作，我曾以謎面「虫二——射成語一」向同學徵答，終究無人能應。想想也是，既要風景絕佳，天候宜人，又要人格芳潔，風姿瀟灑，「風月無邊」，談何容易！

乾隆皇帝以降，很多人喜歡在山巔水畔大書「虫二」兩字，告訴我們此地景色優美，風月無邊。可見，風月無邊，不論是景物、還是人物，都讓人欣羨無比。

大學「禪宗概要」課程，南懷瑾（一九一八—二〇一二）老師引述《五燈會元》崇慧禪師的「萬古長空，一朝風月」，問說這兩句話如何互動？

有同學說：如果不關注當下的「一朝風月」，如何識得久遠的「萬古長空」？

有同學說：如果不放下現實的「一朝風月」，如何見得佛法的「萬古長空」？

當時沒機緣認識鑑真大和尚的「山川異域，風月同天」，要不然，我一定也會參與回話：

你有你的風月，我有我的風月，萬古以來不都在一個長空裡？

或者：

萬古長空，不都具現為一朝一朝的風月？

二〇二〇年二月九日

九十五度C的茶香

會泡茶的善男子、信女子，總是顯現文化優雅的高度，即使是同一個人，坐在茶席中間跟坐上茶人的位置，那高度就有那麼一點區別。

願意為愛，洗手作羹湯，那是鍋碗瓢盆的油煙氣，生活的必然，誰都要聞一點，吸一些，吐納有萬象。做好羹湯，還願意再洗手，為愛泡一壺茶，泡出自己的優雅，那是星月天空的恬靜，萬象運轉而自己穩然成為可靜可動的主軸。

我心嚮往那場景所映照的鏡外鏡……而不可得。

一方茶席，題著「我躲在你舌尖的回甘裡淺淺呼吸」的詩句，或者三兩筆蘭花草的幾層皺褶。一方茶席，可以鋪展為七、八位神仙都愉悅的座席，或者小小的，專屬於個人的方塊酥那麼大的天地，單手一揮，說不定也可能成為自己心靈的方舟，雖漂浮，卻可以免了猛獸式的洪水衝撞。這一方方茶席，總有四方的朋友幫我備著。

一方茶盤，可以順著坡道引茶水到小水桶，可以放置茶匙、茶夾、茶海、茶則、茶托、茶葉、茶壺、茶杯、蓋杯，瓷的、竹的、木的、砂的，可以讓氣質暫時在這裡喘一口氣。這樣的茶盤，我也有兩三組，可以輪著亮相。

我心嚮往這茶席、這茶盤鋪排的陣仗，……卻也從未亮相。

泡茶，日常：抓一把茶葉在小壺裡，沖上九十五度C開水，默數秒數一到四十，倒進公道杯——凡俗的例行公事，諾諾如是。

這一天，是念著菩薩還是王維，念著陸羽還是皎然，失神地提著冷開水就往茶壺裡倒，還默數著四十秒，再習慣性地倒進公道杯。杯嘴出來的，微微一絲黃、未聞茶氣茶味的冷開水。

不經九十五度C，哪會有高山的陽光、茶與流水愛戀不息的香哪！

我想起會泡茶的善男子、信女子，遠方的你，想起那些不為人知的沸點的疼，那些不出聲而怡然的人人艷羨的優雅。

公道杯，斟酌的是哪樣的公道？愧赧的皎然與王維啊！

二〇二〇年二月十四日

村姑紅玉

想像裡，一直以為香草巷就在右手或左手的山徑，曲曲折折，早晚會經過一灣水塘，可能有幾枝不情願離開的河津櫻，很容易就會遇到薄荷、甜菊、羅勒、九層塔，轉彎還有，還有我們熟悉的紫色薰衣草，可以舒緩悲傷的鼠尾草——雖然我們不太容易悲傷。

恍惚中，我想著惠特曼的《草葉集》應該在這樣的巷弄裡漫步，轉彎時眼睛擦亮的那一瞥，曼妙的身體在曼妙的草木旁，和諧的聲韻在這邊的樹顛、那邊的木杪兀自和諧。

車子停妥，我才注意到這逼仄的巷子不叫香草巷，直直白白就叫「香茶巷」，一下車，純一的阿薩姆香氣彷彿找到熟悉的氣窗、熟悉的縫隙，一竄就竄入我容易過敏的鼻腔，這也是一種直白嗎？情到深處，類似於此，最記得四、五月間去到武夷山夜裡的街巷，無法排拒的茶香隨意瀰漫，忍不住深深吸一口，彷彿通徹到五臟六腑，及於末梢神經，遊走在大腦邊緣系統的海馬迴。

我們從哪裡來？不會有人問起的，總是從不同的村莊、不同的街道，循著心頭那滋味那記憶而來，外在的面貌不會有殊異，一言說，一出氣，一呼息，就可以感知相同星球的呼喚與聯繫。

將閒雜人等留在一樓，我們上了梯階，準備辨紅玉，別紅韻，還闖入一款祖母綠，不是玉石的祖母綠，等著我們去品辨哩！盤子裡排著一式的品茶杯、試茶杯，三款條索狀的紅茶，並排時可以感覺她們顏色上的差異，分開來鑑察又不知誰是誰了，那難度竟如哲學上的索問：我是誰？我從哪裡來？我要到哪裡去？

並排的白瓷杯裡，顏色在赭紅、棗紅間游移，香在我們的鼻端、舌尖猶豫。

我們的舌尖會是人生情意的試紙嗎？

望著對面的茶山青綠，白雲自在，我想，答案或許從來就不是單一的。就像「祖母綠」顯豁在眼前的：祖母級依然綠著葉子，老欉的依然有著淡淡的果香，發酵了依然赤忱一樣的紅。

太陽逐漸西斜，沒有因為茶樹鮮葉的芳香物質而停留，也沒有因為茶菁發酵的逐漸深濃而停留。我們存藏這一段記憶吧！準備移動到另一段未可預知的記憶曲徑裡。

眼前還坐著村姑紅玉，一杯哈著熱氣的瓷杯，氤氳的白煙沁入我的心肺，不武非漢，只有絲綢的溫潤輕輕拂過，這時，你，去了哪裡？

二〇二〇年四月二十日 春之穀雨

素心如雪

坐著火車經過三義的林子，回頭不經意的一瞥，一株樹型優美，葉子平常地綠，但滿樹白花——滿滿的一樹都是潔白的花，那是穀雨過後、立夏將臨的時節，即使是最富於想像力的詩人也不會因為那樣潔白的花而在腦海裡閃現「雪」，我們的詩人席慕蓉真的在她那首最動人心弦的詩〈一棵開花的樹〉裡沒有出現「雪」字。油桐花被稱為「五月雪」，是席慕蓉的詩心與天地間一簇的白剎那相遇，是我讓你遇見的最美麗時刻的很多年以後才有「五月雪」的說辭。

那一時片刻，席慕蓉不一定知道這種花叫做油桐花，不一定知道在臺灣她跟客家人的勤儉、堅毅緊緊繫連在一起，甚至於不一定知道油桐花的花語就叫「情竇初開」，她卻真的寫出陽光下慎重地開滿了花的我，那樣慎重地透視了每一蕊每一蕊，向著陽光似地看穿了我每一蕊每一蕊藏不住的累世的盼望。

那一時片刻，席慕蓉不一定知道這種花叫做油桐花，不一定知道臺灣這種油桐花雌雄同株而異花，花瓣綻放五片，雌花都開在樹末最醒目的位置，雄花卻在樹腰以下短暫地耀眼，而後一蕊一蕊的雄花，像是讀過《維摩詰經》，讀過〈觀眾生品〉的天女散花，一蕊一蕊隨意飄下，隨意飄下而成花雨一片，白濛濛的一片花雨。

那一時片刻，多情的蒙古女子看見了你無視地走過，看見了你身後落了一地的——白色花片中心泛著檸檬黃，那渲開的檸檬黃裡有著逐漸加深的殷紅，那逐漸加深的殷紅卻也只停留在白色花片中心，保留住其後一大片裙襬式的白，月色一樣沁涼的白——多情的蒙古女子看見了你無視地走過的，那一大片月色一樣沁涼的白的花瓣，不是花瓣，是我失去血色的凋零的心。

那一時片刻，恍惚間，我是女身的散花的天女，還是油桐樹的雄花？

那一時，我是困於感情且惑於分別，結習未盡而心神不寧的仁者？

那片刻，我戀著最燦亮的自己的美姿，還是喜歡自己為雌花縱身而落的英姿？

那一時片刻，或許我是「聞多素心人，樂與數晨夕」的素心人！

這時，你是當前枝頭綻放的油桐花，還是正在空中飄飛不選擇落點的五月雪，抑或是剛剛被車輪碾壓為塵土終究是塵歸塵、土歸土的春泥？

二〇二〇年五月七日

心，需要潤澤

世界一直都是從心——心靈的「心」——出發的，但很少人知道心需要潤澤。一顆潤澤的心散發出來的能量，自會有讓人歡喜接納的力勁，綿綿密密，持續不絕的溫潤。譬如：文字美好所呈現的超越現實的境界；再如：工藝傑出所造就的茶的醇厚；三如：技藝純熟所成就的古琴音編織的空間；或者：色彩、線條交錯的另類文明，都能讓一顆心更具溫潤的熱力，發揮出更大的能量。

如果有人問你，你為什麼學琴，為什麼行茶，為什麼練字，為什麼畫畫，甚至於問你，你為什麼讀書——不都是為了滋潤自己的一顆心？潤澤，才是活力生命的存在徵象；潤澤，才是生命與生命接觸、交流的唯一憑藉。

樹葉乾枯了，作為樹葉的生命就結束了，枯葉會從樹身上飄離。乾枯的樹葉，碎裂了，會有新的水分滲入，他又受到滋潤、成泥了——泥字就是水字旁的字啊——這時化作春泥的落葉，才有可能去滋潤另一朵花，造就另一個生命的美好。

這就是生命與生命的潤澤。

學習古琴，就是為了讓自己的心更溫潤，然後讓古琴的寬廣音域、深沉音色，可以繼續溫潤其他人的心，餘音嫋嫋、悠遠而永續，可以潤澤更多的生命。

所以，當「龍人古琴村」的琴人錦冰女士問我，古琴除了伏羲式、仲尼式、蕉葉式這種命名方式，還可以有其他的思考方向嗎？

我們都知道古琴的命名方式，一向依照斲琴者的內在修為所顯現出來的外在形式來命名，如傳統的聖人造琴，伏羲式、神農式、仲尼式都屬於這種古樸、典雅的路線。其次是浪漫的文人造琴，模仿造化、自然的，落霞式、蕉葉式、連珠式之類。三是王侯所監造、貴族氣息的琴，襄王琴、潞王琴就有這種獅子臨風的非凡氣勢。

所以，我在想，可不可以回到單純的個人身分，作為單純的一個人，為什麼我們要學琴，我們學琴可以往哪幾個方向去發展，學琴可以將我們的心提升到什麼境界，因著這種思考，所以有了〈古琴八式〉這樣的一首組詩，那就是「潤心、通神、融真、留淳、涵天、探玄、入安、回凡」八式，開展出古琴修持的八種可能。

第一式就是〈潤心式〉：

那細細的七根弦是連天通地的雨絲——
不論雷或霆，起或藏
都能讓烏龜的硬背殼長出五穀雜糧
讓愁與怨有著自己的津液、歸向
短短的是瞋長長的是恨，都換上新肚腸

雨絲如膏又如綢
迎著風，翻新了松濤與稻浪

我將古琴的七弦，想像成連天通地的雨絲，雨是天地之間最大的潤澤物，潤澤大地，也潤澤人心，第一行最後的「——」，以圖像的方式寫出雨落大地的樣子，也模擬琴弦光潤、被撥動的感覺。下雨的時候，偶爾伴有閃電或雷聲，但是也有可能只是靜靜下著雨，只要下著雨，大地有了潤澤，即使最艱困的地方也可以長出五穀雜糧，哪裡是最艱困的地方？我用了誇張的「烏龜的硬背殼」這麼硬實的所在。物質的五穀雜糧可以長出來了，抽象的、人為的修養，愁與怨有了津液可以潤澤，短瞋長恨換上新肚腸，也就沒有壞心眼了，一切都得到紓解，這就是潤澤的功用啊！

雨絲，我用「如膏」來形容她的滑潤，用「如綢」來增強她的柔潤，其實真正修飾的是弦絲所發出來的古琴音，那樣滑潤、那樣柔軟，迎著風，翻新了高雅的松濤、日常的稻浪，雅與俗都得到了寬慰與滋潤，這就是潤人心靈的古琴啊！

二〇二一年三月十八日

我們仍然是布衣裹身

如果我們仔細讀過現代詩的〈古琴八式〉，有沒有發現每一首詩都採七行的形式，那就是在呼應古琴的七弦結構。古書上說，舜作五弦之琴以歌南風，這時候的五弦呼應著現實天地裡的金、木、水、火、土，也呼應著藝術境界上的宮、商、角、徵、羽，後來相傳文王增一弦，武王又增一弦，文武弦一增，古琴更有了文化底蘊，七弦琴從此就成為古琴的定制了！

古琴屬於弦樂器，八音「金、石、土、革、絲、木、匏、竹」中的「絲」，所以這「絲弦」就成為古琴生命裡的「靈魂」。虞舜時代已經有了蠶絲琴弦，柔和而溫厚，但容易崩裂，後來使用不易斷裂的鋼絲，清亮高亢，但似乎又違失了古琴雅樂的本質，直到新世紀「龍人冰弦」出現，超強纖維絲作為內弦，外層包覆真絲、尼龍，既能保有絲弦的柔和古韻，又能兼具鋼絲的耐用質地，不同時代的蠶絲敦厚音質、鋼絲脆亮特色，同時並得。因此，這首〈古琴八式〉的行數，維持七行——古琴「靈魂」的規格，但保持活潑的行數、段落安排，五十二，三十四、三十一十三，隨機變化，全面呼應古琴不同的曲風與意境。

譬如終曲的〈回凡式〉：

琴聲漸漸杳、渺，臉色漸漸回復人間煙火味

循著最後的尾音，我們知道這次第仍然需要
與狼共舞，仍然有劍戟有冰山有芒刺，在手
在背在父母慈愛所不能及的地方，荊棘崎嶇
顛簸，陽光空氣花和水都在，酒在，狂在，
酒狂在，善的循環在，循環再循環，我們仍
然是布衣裹身，仍然是血肉之軀護衛著靈魂

〈回凡式〉採用了一十六的行數裝置，以及散文詩的外在形式，因為我們終究要從高雅的藝術境界裡回到現實，要從心靈溫潤的古琴音韻裡回到當下，因而採用了一十六的絕大對比，散文詩的舒緩語勢，來模擬詩的情境、生活的情境。

記得虞舜的〈南風歌〉嗎？「南風之薰兮，可以解吾民之慍兮。南風之時兮，可以阜吾民之財兮。」古琴與南風的薰薰然陶冶，一方面解除我們心中的鬱悶，一方面卻也提醒我們不要忘記現實的困頓，及時阜財啊！

琴聲漸漸杳、漸漸渺，我們的臉色也要漸漸從天上回復人間的煙火味，回到現實，面對生老病死，面對恩愛情仇的無限糾葛。

沒錯吧？

現實裡的惡狼，不會因為我們珍愛古琴而消失；

人生旅途上的劍戟、冰山，不會因為我們學習古琴而平坦；

眼前的針眼、背後的芒刺，怎麼可能因為古琴而匿跡？

父母的慈愛在，但父母的慈愛也有覆庇不到的所在。荊棘、崎嶇、顛簸、險惡一直都在，但陽光、空氣、花和水也都一直在啊！劣幣、良幣，上帝、撒旦，愛與慚愧，同時存在的地方，才是真正的現實吧！我們不是一直都在這樣的現實中嗎？

我們都很喜歡古琴裡的〈酒狂〉，但理性告訴我，那是因為有美酒，也有瘋狂啊！只傳美酒，不敢放縱，不會有竹林七賢的阮籍；只有阮籍，不備美酒，更不可能有酒意醺然，一路酣暢的〈酒狂〉！

會彈琴的人，坐在琴桌前，都會被當作是高人雅士，仙女貴婦，不免都會有飄飄然的感覺，但是曲終人散，走下舞臺，我們不是又回到平凡的生活、尋常的巷弄，簡單的日子、歲月的過客？

回到凡俗，回到人間吧！我們仍然是布衣裹身，仍然只能憑藉害怕擊打的血肉之軀，護衛著祈望高貴的靈魂！

二〇二一年三月二十二日

末終卷

從「有」進入「空」
——我讀我思《金剛經．法會因由分第一》

如是我聞，打開佛經總是以這樣虔敬的一句話開始。

如是我聞，虔敬地顯示，阿難尊者親聞之於世尊的法言正行，永遠不失、無誤，如實如是，傳之於世世代代之後的我，我聞如是，「如是」，就是這樣，無庸置疑。這是一句從內心升起的、完全信服、絕對崇仰的話。如是我聞，再無第二義。

如是我聞，如實我錄，忠於自己，忠於佛，忠於人心本自具足的佛性。

相對於《論語》的「子曰」，佛經的「如是我聞」強調聞說的主體「我」，「我」聞，「我」行，是「我」所聞說，所以，是「我」所該履踐。

我聞，我行，我才可能是一個覺者。我才可以用這樣的方式，這樣的散文書寫，試著表達內在的省思——這時的我，仍然是一個謙卑的學習者、反思者。

如是，至少在《金剛經》就是「如實」，至少《金剛經》一開始的〈法會因由分第一〉就是如實的錄記。《金剛經》是「空」宗的重要經典，要讓後人悟徹「空」的真諦，卻是從真實的「有」入手。

有「時間」：一時，爾時，時，都點出了時間的真實性，「經」不是史書，不是紀錄片，不需要點出明確的時間點，何況，以「空」觀而言，時間點不也是空的嗎？民國一〇七年，西洋人的表述卻是二〇一八年。晚上十一點四十五分，古人的表述卻是子時三刻。臺灣十四點五十三分，日本卻是十五點五十三分，美國紐約卻要推遲為凌晨的一點五十三分，夏威夷則比臺灣晚了十八小時，哪個時間點才是明確的那一點？哪個「一時」才是真的「一時」？未能確知。但，「一時，爾時，時」卻都是真確的「有」時間，真確的時間上的「有」。

有「空間」：舍衛國、祇樹給孤獨園。兩千五百年以前，釋迦牟尼佛的年代，舍衛國（或稱舍衛城，Sravasti）是憍薩羅國的首都，是要什麼有什麼的大都會，當時的富商給孤獨（Anathapindika）長者因為聽聞佛陀說法，認為有益於國人的智慧啟發，發願尋求適當的園林供養佛陀，找到的這個園林卻是當時波斯匿王太子祇陀（Jeta）所有，祇陀太子刁難給孤獨，只要能以金箔鋪滿園林的土地，這園子就屬於他，結果多少大象運來大量的金箔，仍然無法貼滿園區土地，卻感動了祇陀太子，他說：園子貼上金箔的土地歸你所有，未貼金箔的樹歸我所有，但我也願意捐獻出來，玉成此事，所以這園子就被稱為「祇樹給孤獨園」，這空間，佛陀說了兩部有名的「空」宗的經：《金剛般若波羅蜜經》、《佛說阿彌陀經》。

有「人間」：在確真的時間、確真的空間，佛陀說了兩部有名的「空」宗的經，還有確真的人，說法的同是佛，聽法的，在《金剛經》是「大比丘眾千二百五十人」，在《阿彌陀經》是「大比丘僧，千二百五十人」。

如實的錄記：首先是佛陀的生活方式，吃飯的時間到了，要自己著衣（一層又一層的袈裟），自己持缽（裝實也裝虛，行腳乞食的應量器），自己步行進入舍衛城，自己乞食，乞食還不可挑選人家，給或不給，不能超過七家，給優給劣，都要欣然感謝，這種「次第」就是一種規矩，一種修行。最後回到原來坐臥的地方，進食，洗收衣缽，洗淨雙腳的塵泥，自己鋪好自己的座位才坐下來打坐。這一段顯現了佛陀與眾人同行的平等心，與眾人結緣的慈悲心，也開示了佛法就在生活中、實踐中，不能假手他人，而「敷座而坐」這種禪定功夫則是一切修行的基礎，當然，在《金剛經》裡，這段如實的錄記不也呼應著「無我相、無人相、無眾生相、無壽者相」的無分別心，不是一再說著：修行在人間，修行是自力的功夫，修行是在行住坐臥時體現道的真諦。

這如實的錄記，這時、這園、這人、這些人、這些事，就是真，就是有，我們要從這確真的「有」，進入「空」……

二〇二〇年六月六日

我們領會了「如是」的「是」嗎？

——我讀我思《金剛經．善現啟請分第二》

佛經與《論語》都是語錄體的省思問答，最接地氣的教學方式，哪一家的家庭教育不是如此？對人生好奇的孩子，這也問，那也問，而且打破沙鍋總是要問到底，問個水落石出，問個天朗氣清。即使是研究所的孩子，我也告訴他們，迎接老師從研究室走到教室，從教室踱向餐廳，飯後散步林間小徑，隨興的漫談，隨口的日常話題，都藏著讓人咀嚼再三的哲理。

即使不言，那一舉手、一投足，那細微之處，都有讓人省思、警醒的地方。不提「世尊在靈山會上，拈花示眾。眾皆默然，唯迦葉破顏微笑。世尊云：『吾有正法眼藏，涅槃妙心，實相無相，微妙法門，不立文字，教外別傳，付囑摩訶迦葉。』」那一則禪宗第一公案。就看前一分「飯食訖，收衣缽，洗足已，敷座而坐」的世尊，直接影響了當時在場的長老須菩提，他的問訊禮是「從座起，偏袒右肩，右膝著地，合掌恭敬而白」這樣地周到，「從座起」這是身柔軟，「偏袒右肩，右膝著地」這是體柔軟，「合掌恭敬」這是心柔軟，「白」，表白、道白，則是口柔軟。此處，他對佛陀的尊稱是在「世尊」（為世所尊）之前又加上了「希有」的讚嘆。何事「希有」？回應第一分的錄記：

「時希有」：人身難得而今得，佛陀難遇而今遇，這種「時」希有。

「處希有」：曾經金箔鋪地的祇樹給孤獨園，這種「處」希有。

「人希有」：佛與大比丘眾千二百五十人俱，這種「人」希有。

「希有」的真正含意，不就是「珍惜」嗎？應該珍惜這難得的機緣。

所以，先珍惜代我們發問的是長老須菩提（Subhūti，又譯為須浮提、須扶提，意為善現、妙生、善吉、空生），須菩提是釋迦牟尼佛十大弟子之一，以「恆樂安定、善解空義、志在空寂」著稱，號稱「解空第一」。南朝陳．天竺三藏真諦譯《金剛般若波羅蜜經》（陳．文帝天嘉三年．西元五六二年），稱之為「淨命須菩提」；唐．玄奘法師譯《能斷金剛般若波羅蜜多經》，譯為「具壽善現」；唐．三藏沙門義淨譯《佛說能斷金剛般若波羅蜜多經》，則譯為「具壽妙生」（具壽是比丘的通稱，世俗之徒皆愛身恒之壽，聖者之輩並寶智慧之命。二願雙成，故云具壽）；如果注意到昭明太子蕭統為使大眾便於理解，將《金剛經》分為三十二分，其第二分目就是〈善現啟請〉，極為扼要地將善現長老代替大家提出問題定為本分目的焦點。

須菩提先言「如來善護念諸菩薩，善付囑諸菩薩」，這是教育愛，師徒引領的教育愛；這是懇切心，懇切求知的心。因為這份愛、這份心，向道、向學，真理的追求才會越來越明、越見光輝。須菩提所問的問題正是修行的人所迫切追尋的：「善男子、善女人，發阿耨多羅三藐三菩提心，應云何住？云何降伏其心？」

「阿耨多羅三藐三菩提」是直接音譯的文字，在《金剛經》中出現二十九次之多，顯然是《金剛經》的關鍵詞。在佛經翻譯中，梵文與華文沒有相對應的詞彙，或是相對應的詞彙無法含括原文內涵，就採用音譯的方式，最有名的例子是「般若」、「涅槃」，他們有「大智慧」、「寂滅」之意，卻又不限於「大智慧」、「寂滅」而已。所以，相對應的逐字翻譯：「阿耨多羅」是「無上」，「三」是「正」，「藐」是「等」，「菩提」是「覺」，「阿耨多羅三藐三菩提」是「無上正等正覺」，是真正平等覺知一切真理的無上智慧，修行上的最高覺悟、沒有偏差的終極覺知。所以，須菩提所舉出的是兩個問題，當善男子、善女人發心追尋「修行上的最高覺悟、沒有偏差的終極覺知」，他們應該如何堅定自己的決心，應該如何降伏自己慌亂不安的心？

一般流通本《金剛經》此分目的文字多作：「善男子、善女人，發阿耨多羅三藐三菩提心，云何應住？云何降伏其心？」

我持有的「敦煌莫高窟大唐初刻本」排印的《金剛經》則作：「善男子、善女人，發阿耨多羅三藐三菩提心，應云何住？云何降伏其心？」

就文學的語意上說，「應」提到前面去，可以統合前後兩句：「應」云何住？「應」云何降伏其心？如果再看緊接著佛陀的話：「善男子、善女人，發阿耨多羅三藐三菩提心，應如是住，如是降伏其心。」「應」也是提到前面去，統合前後兩句。而且，那麼肯定：「應」如是住，如是降伏其心。

須菩提這一問，如果是在孔子的書院中，孔子會稱讚：「大哉問」，問得好啊！所以佛陀也說了兩次：「善哉，善哉。」

真是問得好啊！修行的人，要修的就是如何堅定自己的菩提行決心，如何降伏自己慌亂不安的心。妙的是：

問的是：「應云何住？云何降伏其心？」

答的是：「應如是住，如是降伏其心。」

「云何——如是」的對應白話，就是「如何——如此」。

何等大的問題：云何住？云何降伏其心？

何等簡潔的答：如是住，如是降伏其心。

佛家講的是活在當下。

當下，你問如何堅定菩提心的當下，你是堅定的，就像這樣堅定。

此刻，你問如何降伏慌亂心的此刻，你是安定的，就像這樣安定。

如是，就這樣。

須菩提是悟得了，一千五百年後的北宋蘇軾（一〇三七—一一〇一）應該也悟得了，他回朋友的信上說：「心通豈復問云何，印可聊須答如是。」（〈次韻王定國南遷回見寄〉）須菩提當場回答了兩個「是」：「唯」、「然」，不是漫應似的一個「是」，也不是現代式、戲謔似的「是是是」，而是畢恭畢敬的「唯」、「然」，兩個「是」。

但為了更多後知後覺的人，須菩提在兩個「是」之後，他說的是：「願樂欲聞」，請世尊說得更仔細、更分明。這讓我想起《論語．顏淵》，孔門最得意的學生，體會「仁」最透徹的顏淵，他也問老師：「仁是什麼？」孔子給了「仁」的最高層次「克己復禮」的答語，而且還說了仁的功用「一日克己復禮，天下歸仁焉」，補充了行仁的主體：「為仁由己，而由人乎哉？」但是，顏淵為了同學，還是繼續要求「請問其目」，實踐的細目，落實在生活裡的細節應該是什麼？孔子才說：「非禮勿視，非禮勿聽，非禮勿言，非禮勿動。」謙稱「不敏」的顏淵下了堅定的心：「請事斯語矣！」

後代不敏的我們是否「願樂欲聞」？

後代不敏的我們是否「非禮勿視，非禮勿聽，非禮勿言，非禮勿動」？

後代不敏的我們是否「克己復禮」？

後代不敏的我們是否體會到「為仁由己」與《金剛經》第二分目「應住其心，降伏其心」的主體都是誰？

二〇二〇年七月四日

助一切衆生皆生菩提心

——我讀我思《金剛經．大乘正宗分第三》

所有的大菩薩應該這樣降伏其心：其一，協助眾生進入成佛之境，又能不居其功。其二，破除我執，不從「我」的觀點看世界。

所謂「眾生」，依出生方式的不同，可以有四類，但是應該一視同仁：

卵生：指受精卵從母體產出，再加以孵化的動物，鳥類、爬蟲類、大部分的魚類和昆蟲，幾乎都是卵生動物（Ovipara），如雞、鴨、鵝、烏龜、青蛙、魚、蝴蝶。

胎生：指受精卵在母體子宮內發育成胚胎、胎兒，再產出母體的動物，稱之為胎生動物（Viviparous），如人類、豬、牛、馬、羊、猴等獸類，海中的鯨豚、海獺、海狗、海豹等都是。

濕生：佛教界的特別看法，指「若諸有情展轉溫暖、展轉潤濕、展轉集聚。或依糞聚，或依注道，或依穢廁，或依腐肉，或依陳粥，或依叢草，或依稠林，或依草庵，或依葉窟，或依池沼，或依陂湖，或依江河，或依大海潤濕地等，方得出生。」（《阿毗達磨集異門足論．卷第九》）應該是蛾、蠅、蚊、蚋等在潮濕、惡劣環境下生存的卑微昆蟲，或無性繁殖的單細胞生物。

化生：佛教界的特別看法，指無所依託、藉業力而出現，頓生頓滅，死不留形體者。如五趣（趨）、六道中的地獄、餓鬼、畜生／阿修羅、人、天等。

所謂「眾生」，依色相、物質、形體的有無，可以有兩類，但是應該一視同仁：

有色：有色相、物質、形體，可視可聽可觸可聞，占有空間的生物。

無色：不具色相、物質、形體，不可視、聽、觸、聞，除卸軀殼、不占空間的魂魄、靈怪；或者中國人喜歡談的精、氣、神。

所謂「眾生」，依情識、知覺、思想的有無，可以有三類，但是應該一視同仁：這三類是「有想、無想、非有想非無想」，此項分類將生物中的植物（無想的植物）納了進來（青青翠竹悉是法身，鬱鬱黃花無非般若），甚至於有無中的山色、飄渺間的溪聲（溪聲盡是廣長舌，山色無非清淨身），或者冥頑時的石頭（生公說法，頑石點頭），更不用提積惡多端的一闡提（icchantika）了！那是「非有想非無想」不知何時頓然而醒的另一種冥頑不靈的眾生。

菩薩摩訶薩，真正的大菩薩，會讓一切眾生，不論龐然大物或微渺弱軀，具足色相或脫去軀殼，有情有識或無思無想，「皆令入無餘涅槃而滅度之」，那是「虛徹靈通，圓融無礙」，再無生死逼迫之苦，而有真如寂滅之樂的大解脫（滅）、大般若（度）境界。

菩薩摩訶薩，真正的大菩薩，即使如此「滅度無量無數無邊眾生」，卻還要自覺「實無眾生得滅度者」，不把這種「滅度眾生」當作自己有能、有功，因為眾生與佛平等，眾生本來就具有佛性，這豈是「我」的成就、「我」的功勞？

為什麼呢？

因為「若菩薩有我相、人相、眾生相、壽者相，即非菩薩。」真正「覺有情」的大菩薩，就佛性平等來看，不會將「我」與「人」、「眾生」與「壽者」相對，不會對「眾生相」與「壽者相」、「凡」與「聖」、「卑」與「尊」，起分別心。不會對「龐然大物」與「微渺弱軀」、「具足色相」與「脫去軀殼」、「有情有識」與「無思無想」者，起分別心。

孔老夫子也曾勉人杜絕四種弊病：「不主觀臆斷，不堅持唯一，不固執成見，不以自我為中心。」（子絕四：「毋意，毋必，毋固，毋我。」《論語．子罕》）其實，前面「毋意，毋必，毋固」三者不都是來自最後的「我」，誰在臆測？我在臆測；誰在僵持？我在僵持；誰在專主？我在專主。這就是以「我」為中心的沙文主義者。能「毋我」，也就可以「毋意，毋必，毋固」了！

王國維說：「以我觀物，物皆著我之色彩。」（《人間詞話》）如果能以「無我」之心「以物觀物」，說不定就可以企及莊子的境界：「天地與我並生，萬物與我合一。」

王國維的詞話，討論的是「人間」。菩薩摩訶薩，真正的大菩薩，是與「依糞聚，依注道，依穢廁，依腐肉」的濕生者並生，是與「五趣、六道中的地獄、餓鬼、畜生」

同行啊！

二〇二〇年八月四日

虛空無盡是最好的領悟契機
——我讀我思《金剛經．妙行無住分第四》

其次，佛陀開示須菩提長老的，是「應無所住行於布施」，再三叮嚀的是「不住相布施」，能夠做到「不住相布施」，那福德就如「虛空」一樣不可思量。「虛空」，不可思量，是第四分中最主要的意象，往前探因，繫連著「不住相布施」，往後結果，關係著「福德亦復如是——不可思量」。

以我們所處的位置來說，往東、往南、往西、往北，叫做「四方」；東南、西南、西北、東北，叫做「四維」（或「四隅」）；「四方」加「上」「下」，稱之為「六合」，莊子所說的「六合之外，聖人存而不論；六合之內，聖人論而不議」的「六合」（《莊子．齊物論》）。「四方」加「四維」加「上」「下」，就是「十方」，佛教界常常提到的「十方無量無邊，無數世界」、「十方來十方去」的「十方」。佛陀只舉一方，只問一次，「東方虛空可思量不？」我們也都清楚：東方虛空，不可思，不可量，不可思量，以一例十，以一例千，所以，這三千世界虛空，也不可思，也不可量，也不可思量。

若是，這三千世界虛空，不可思，不可量，不可思量，往前探因，菩薩的布施就當「不住於相」。

不住色布施：今日布施米飯，明日布施水餃；今年生日——蛋糕，明年生日——麵條；今生——師生，來世——聖賢的聖賢、逍遙的逍遙。

不住聲布施：今日為你吹笙，明日為你撫琴，後天為你合奏貝多芬第五號交響曲誰也不能掌握的命運；在山東為你吹東風，在河南為你吹南風，在北極只靜靜陪你賞雪不為你起風。

不住香布施：檀香、麝香、玫瑰香、桂花香、米香、茶香、花香、菜根香，都可以布施，生活中停留在龍眼花蜜香氣的人，不知道冬天的奶香即使成為起士仍然香入鼻根深處，不知道義大利的白松露、法國的黑松露即使裹了幾層布、幾層紙，仍然從義、法料理，香到中式料理的骨髓裡。

還可以放開這些，選擇味的布施、觸的布施、法的布施，還可以選擇不住於味的布施、不住於觸的布施、不住於法的布施。虛空無限，不必拘限自己只逗留在眼根所對、眼識所緣的境，耳根所對、耳識所緣的境，鼻根所對、鼻識所緣的境；試試看舌根所對、舌識所緣的酸甜苦辣，試試看身根所對、身識所緣的硬軟滑澀，冷暖寒熱。「眼、耳、鼻、舌、身、意」六根中的「意」，稍微抽象了些，仍然可以顯現為對前塵往事的回憶、對未來未知的憧憬，因為它遇到了六塵（或稱六境）「色、聲、香、味、觸、法」的「法」。

不住色布施，因為可以改為聲布施。不住聲布施，因為可以改為香布施。不住香布施，因為可以流轉為味的、觸的、法的布施。

布施，第一基層想到的是財物、食物的布施，如果是好言好語，優美的聲音，不也是布施的另一種型態？不離不棄是美好的情意，但「不理不睬」有沒有可能激起對方的「反思」而奏效？鼓勵的言詞是正面的能量，「激將法」是不是也有可能是皮球彈跳起來的最有力的「反作用」？

菩薩如是無住相布施，其福德不可思量。如何不可思量？佛陀說的是「如東方虛空之不可思量」！能「無住相布施」，往後的結果：「福德——不可思量」。

佛陀是不是在這裡含藏著一個「色」與「空」的頓悟契機？

「無住相布施」，往後結的果是「福德——不可思量」，但佛陀拿來做譬喻的是「虛空」之不可思量，是「虛空」啊！

所以所以，不要一直想著「無住相布施」、「無住相布施」，讓它也「虛空」著吧！不可思量的「虛空」。

這才是佛陀說的「如所教住」吧！

二〇二〇年九月十八日

見諸相非相則見如來
——我讀我思《金剛經．如理實見分第五》

從聖到凡，「凡所有相，皆是虛妄。」

佛陀從自身說起，須菩提，你內心是否覺得，現在所見的如來，就是如來的「法身」呢？須菩提很清楚，「否也」，「不是」，不能把如來的「報身」、「應化身」當作「法身」。

佛家認為佛陀（即如來）有三身，「法身」清淨，是成佛以後所顯現的圓融智慧，是學佛的人所企望達及的至上境界，類近於老子心目中的「道」，無以名之，不知如何形容，卻是天地運行的最高準則；「報身」則是一般人所習知的佛的形象，包括太子的形象、菩提樹下打坐的形象、祇樹給孤獨園說經的形象，甚至於佛堂上的佛像；「應身」、「化身」，則是一般人所稱的分身，佛經故事中有著太多神異的事蹟，屬於此類，包括三十二相、八十種好，應事而化的色身等等。所以，哪個身才是如來？法身，非形相，不得見。報身，非單一，化身，千千萬萬，何者才是如來？能夠想通這點，就明白了「不可以身相得見如來」。

經上說的，不就是不拜偶像嗎？那泥塑的、木雕的，那金箔貼的、檀香薰的，不是佛。佛不在那裡。佛在每個人的心裡。

但是，所有學佛的人卻又到處禮佛，見佛即拜，那又為什麼呢？南懷瑾老師用了「因我禮汝」四個字來解說，藉著佛的形象，我們起了恭敬心，禮敬佛，禮敬佛其實禮敬的是自己，自己因此而起的虔敬恭謹的心。我喜歡這種說法。我認識一個信基督的朋友，每次經過寺廟，他總是合十為禮，或者鞠躬致敬，他說，這就好像經過人家大門，道個早、問個安，我想，他達成的是自己的人格涵養。

所以，不喜歡宗教儀式的，如果他是確知：佛在心中，不在廟、堂，他的荒疏也無可厚非。嚴謹執守規矩儀式的，他深信這才是欽服謙卑，同樣值得我們敬佩他的虔誠。怕的是，前者認真了他的潦草敷衍，後者不知自己的偏執傷害了正道。

其實，凡常生活裡，我們不是都已深信「凡所有相，皆是虛妄」？

到朋友家作客，朋友陪我們翻閱相簿，「這是我人生的第一張裸照」、「這是我上幼稚園的矬樣」、「這個不笑的是我」、「這個，看清楚了嗎？這個是我」，我們不是都會反問：「到底，哪一個是你？」

我們認識的小朋友在長輩面前彬彬有禮，她的學妹卻吐槽校園裡她總是睡眼惺忪、睡眠不足那一族，一上指揮臺，卻是臉上有氣質、手上有氣勢的指揮神手，「到底，哪一個才是她？她真正的相？」

是的，這就是了，從聖到凡，「凡所有相，皆是虛妄。」

佛告須菩提，還有更重要的兩句話：「若見諸相非相，則見如來。」

明眼人看瞎子摸象，覺得可笑，那是因為明眼人可以看見「實」「象」，但是，很多事情的歷程、變化，卻不是我們可以用「第一人稱」親眼目睹，且無「實」「象」可言，更不可能以「全知觀點」周覽遍歷，所以，我們能否以「凡所有相，皆是虛妄」為基礎，進而見諸相非相，不被外在的虛妄之相所蒙蔽，能認知現象之後的本體，撥清迷霧，看清事物的本來面目，驗證了自己的本來面目？若能如此，才是真正認識「佛」的法身，真正的「佛」，真正的「覺」。

朋友說：諸相，既然是非相，是虛妄之相，那我閉起眼睛，不見紅塵，不見諸相，是不是更容易不受干擾，更容易見如來？

我說，那不是回到瞎子摸象了！

佛告須菩提：「若見諸相非相，則見如來。」「見」是多麼重要啊！那是見證，那是親身經歷，那是「接地氣」的體驗啊！而且還要「見『諸』相」，要曾見他「金陵玉殿鶯啼曉」，見他「秦淮水榭花開早」，才知道「容易冰消」；即使「眼看他起朱樓，眼看他宴賓客，眼看他樓塌了」這樣的諸相，也只不過是「將五十年興亡看飽」而已！

「眼」「見諸相」的同時，還要能「心」「識」「非相」，才能見如來。注意到了嗎？這是同一句話「見諸相非相」，「眼」「見」與「心」「識」，同一時間完成，那是瞬間性的辨知，立即性的完成啊！

二〇二〇年十月十八日

……讓我們繼續讀《金剛經》，繼續參，繼續思……

輯二

鄉與向的樞機

鷹旋的家鄉

八月暑熱的一天，接待雲科大林教授在辦公室聊天，等待評鑑，說起他的老家就在名間，我跟世居北斗的瑞隆很自然接問：名間的哪裡？我們都熟悉：從北斗往東，走斗中路，經過高鐵彰化站可以到田中，從田中繼續往東，仍然是一五〇號縣道，陡上赤水崎就是林教授說的名間了。上了赤水崎，繼續向前直走是南投市區，往右、向南是有名的松柏嶺，「松柏嶺」以前叫「松柏坑」，北極玄天上帝總壇「受天宮」是有名的觀光景點，我上網查了一下，幼時所稱的「帝爺公」玄天上帝，全稱這麼長「北極鎮天真武玄天上帝玉虛師相金闕化身蕩魔永鎮終劫濟苦天尊」，我想起童年觀賞的布袋戲翁子，他們的名字也可以這麼長「未出茅廬．生死定三分．文俠孔明生」，又是文又是俠又可以和諸葛亮比智慧，就是讓人敬佩。農曆二月底到三月初三，遊覽車喧騰，乩童飛刀舞劍，其盛況可以跟濱海的媽祖信仰相比。不過，林教授的老家不在這個方向，這裡處處是茶園，這裡的一心二葉總是被烘焙為「松柏長青茶」，好吉祥的祝福。

上了赤水崎，往左、北上，會有著名的「微熱山丘」鳳梨酥、觀景的「星月天空」、猴探井的「天空步道」，這裡處處是鳳梨園，處處是鳳梨，他們頭上戴著五顏七彩帽防日曬。林教授的老家就在這附近。他說，那裡有一條小徑，走下去可以到社頭清水岩。我說，那是茶鹽古道，南投的人挑著茶葉、山產到社頭、北斗販售，鹿港的鹽商搭船到北斗渡船頭，僱工登上茶鹽古道。林教授很詫異，那樣的山野小徑，你怎麼會熟悉？瑞隆說，蕭老師的老家就在清水岩附近啊！

這樣的一條茶鹽古道，就那麼輕巧地把我們三人串聯在一起，南投、社頭、北斗，經過上百年的歲月，我們三人似乎還可以聽到古道上挑茶農人沉重的腳步，濁重的呼吸。那時，挑鹽工人踩踏的不是今日登山客漫步的石板路，而是未經闢開的榛莽，野性仍在，一雙草鞋所能妥協的也不過是針刺的樹枝，能緩和的也不過是石塊的銳角。

如果走進那時代的茶鹽古道，我知道我會遇到翁鬧（一九一〇—一九四〇），一個永靖田野出生的窮人家孩子，六歲未滿，隨著陳爸爸一步一步走經新雅路（從新厝到湳雅），來到八卦山腳，繼續踅向南方，很累很累的兩腿都癱軟了，才來到潮興莊，一個全鄉幾乎都姓蕭、都來自漳州的村莊，村莊的中心卻有一個三合院，二進、三條龍，五個籃球場大小，翁姓人家聚居的「翁厝」，翁鬧從此叫翁鬧，很少人知道他曾經是陳家的第四個男孩。但我知道，跟我一樣，二十五歲以前他都在八卦山西麓奔跑，他一定遇到過這些擔著生活必需品的挑夫，看著他們瘦削的腿肚子、暴起的筋脈，他一定跟著他們的腳步，嘴巴不自覺一樣咬緊著牙，這樣咬緊著牙的身體記憶，讓他寫出〈搬運石頭的人〉，他們「臉色黯淡無光」，他們「指甲裂開，甲縫充塞汙泥」，他們「脛腿削瘦無肉，卻如鋼骨般的堅硬」，最後，搬運石頭的人「來哀悼抱著空腹倒下去的朋友之前」，「他必須抱住即將要倒下的人們」。

我讀過報導，整座八卦山臺地大部分表層土壤多為紅土，下層則是包含礫石層、砂岩、粉砂岩和頁岩所相互交錯的頭嵙山層，質地十分疏鬆，適合鳳梨扎根、成長，但抗蝕力差，大雨一沖刷，房舍、耕地、山園、樹木，都會被沖毀、掩埋，整個八卦山臺地有著數以千計的東西向坑谷、溪埔，處處可見岩塊裸露，時時可見開山撬石的人。大約一九三五年翁鬧寫作這首〈搬運石頭的人〉，五十年後才有南投鹿谷人向陽（林淇瀁，一九五五─）寫作〈阿爹的飯包〉，在阿爹替人搬砂石的苦差事裡，襯托孩子童稚的想望：阿爹的飯包盒裡應該有一粒菜脯卵。

作為螟蛉子的翁鬧，多少年後，他心中仍然記掛著這些搬石頭的手，挑鹽巴的腳，因為他深深記掛著挑著重擔賣雜細的養父。

「翁厝」在山腳路東側，整個朝興村最中心的所在，那時的客運站牌寫的就是「潮興」，俗名「潮興莊」的「潮」，臺語發音類近「潮州」（tiô-tsiu）的「潮」（tiô），不是「王朝」（ông-tiâu）的「朝」（tiâu）、「潮流」（tiâu-liû）的「潮」（tiâu），當時不知道「潮興」的發音為什麼要跟別人不同，現在想來，福建人、廣東人聚居的村莊稱為「福興村」、「廣興村」，難不成我們村莊會有許多潮州人聚居，所以才叫「tiô-hing-tsng-á」？我知道，蕭姓家族來自福建省漳州府南靖縣，從小就在父親面前琅琅誦讀，族譜記載也十分清楚，那——會是翁姓家族嗎？翁姓家族會是潮州移民嗎？

如果是這樣，翁鬧出生的地方，當時屬於「臺中廳武西堡關帝廳庄」，現在隸屬永靖鄉，東鄰社頭，這一區塊正是河洛客生聚教訓的大本營，翁鬧是從河洛客生活圈移入漳州人環繞的潮汕語言區嗎？然而他寫作的語言卻又是日文，據研究日治時代臺灣文學的專家說，翁鬧的日文相當乾淨而俐落，多語的環境對他的生命觀察與語言運用，或許有著某種程度的啟發。

翁鬧三十載的生命歷程，前六年在永靖與草、與稻、與泥巴度過，六到二十五歲的歲月他在社頭的山丘、田野奔跑，二十六到三十的日本時期是他文學生命噴薄，氣象萬千的重要年歲，是臺灣文學豐收的五年，翁鬧這些詩、小說又都是他在社頭山林、稻田奔馳時所醞釀，是生命的體驗與省思，全都等他到了日本才激迸而出。青少年翁鬧只要邁出翁家的三合院就是從二水到彰化一路相通的山腳路，彰化最古老的一條要道，與山平行，南北縱貫，跨過山腳路，翁厝西側是迤邐到天邊槍一樣挺的甘蔗園、稻穗纍纍的黃金海、無止境的綠波浪。他到日本以後，最先發表的詩〈在異鄉〉，兩個月後發表的〈故鄉之山丘〉，都是對這個空間的繫念。八卦山脈的藍天、綠林、灰瓦、白色小花，激盪著他愛好文學的最初悸動。

〈在異鄉〉一開始即以「鷹」自喻：「越過山嶺，涉足谷間／漂過大海，臨淵佇立／幽幽之聲，輕輕呼喚我名／啊！那是巢居我內心之大鷹」鷹是八卦山脈的候鳥「灰面鵟鷹」，入秋後，鷹從北地飛向南方避寒過冬，過境彰化但不停留，牠們直飛到臺灣島上最南端的屏東、墾丁，南部人稱之為「國慶鳥」，雙十節時滿天鷹灰。翌年清明節前後再由南方島嶼飛返北方棲息地，會在彰化停留，是八卦山重要的天空景觀，此時也是賞鷹最佳季節。因為是由南飛來所以稱為「南路鷹」，俗話說「南路鷹，一萬死九千」，指稱的是遷徙遭逢的苦難；那時正當清明節前後，所以稱為「培墓鳥」，啼聲哀戚，也好像為人類表達喪親、思親的傷痛。翁鬧選擇「越過山嶺」、「漂過大海」的灰面鵟鷹作為他鄉愁的象徵，那是離散漂泊的淒然，是「狂風中獨自躑躅」的孤伶，那鷹，飛在八卦山的天空，隨著翁鬧渡海，就這樣巢居在翁鬧內心裡，久久不去，久久，幽幽，相互呼喚著對方的名字。

〈故鄉之山丘〉詩中盡是雛菊、小丘、穴洞、青蛙、陽光、甘蔗園、花朵、墓地，即目所見，隨手拈來，都是八卦山下的農莊所習見的景物，「甘蔗園上遍地開滿了花朵／夕陽，她，趕忙來湊上一腳」，這正是我所說：翁家三合院「ㄇ」字形正門開向西方，邁出大門就是甘蔗田的實寫，向西，夕陽當然會來湊上一腳，「夕陽湊上一腳」與「遍地開滿了花朵」其實也暗寓著死與生的對比寫照。在朝興村，我們常常會遇上送葬的隊伍，因為村莊南側的斜坡就是全鄉最大的墓場，小時候我們稱之為「南邊埔（子）」，所以翁鬧在這首〈故鄉之山丘〉會以這兩句作結：「雙親的家，在墓地的彼方／我吹著口哨，歡迎春的到來」，那一片墓地開闊、陽光普照，讓人記憶深刻，那殯葬的行列、嗩吶的哀聲，也常在我們心中迴旋，奇的是這兩句，翁鬧依然有著死生對比的生命省思，墓地、死亡與口哨、春到，那樣自在地並列著。

讀江燦琳詩作〈曠野〉，翁鬧寫過隨想：「請恕我抒一抒我的感傷吧！當我想起，曾幾何時，我倆終夜流連在田中、二水的稻田中之往日之時，便使我心頭哽塞，不可名狀。」這是從朝興村往南的路線，田中、二水、濁水溪。往北，則是翁鬧小說〈羅漢腳〉所書寫的空間，他熟悉的「圓籃」（員林），如是，整條依著八卦山平行的山腳路，往東上山的坑谷，往西進入不同鄉鎮的石子路，都可以想望著翁鬧踽踽獨行的身影。

八月中旬的一個黃昏，我獨自回到茶鹽古道，現在改名九彎古道，鹽，顯然是不必挑了，彎仍在，我登上鐵梯，林教授的同鄉們仍在餘暉中以小貨車來往載送鳳梨，瑞隆應該還在東螺溪畔思考如何面對嘰嘰喳喳的麻雀吧！我回到八卦山腰的樹蔭下，想著翁鬧寂靜而堅定的一生，眺望著翁鬧眺望過的雲天，聽見偶爾落單飛旋的一兩隻老鷹，是的，我喜歡如此平凡、如此寧靜、常民生活著的八卦山，住居過翁鬧的八卦山。

二〇一六年處暑之日
寫於明道大學蟲澤湖北岸

原載於二〇一七年三月十八日《中華日報・副刊》

走向自己的遠方

很少問人家、倒是常被問及：「你幾年級？」接著還要細談：「哪一班？」唯恐未來的學子難以考證，先表明：

我，民國三十六年出生，俗稱：三年級，六班。

民國三十六年，已經很少人說了，現在流行用一九四七，也好，說不定還被誤為是留了一級的四年級，偷偷高興了一下下。民國三十六年出生，如果是演講，我還會露出得意的表情：日本人聽說我要誕生了，他們早兩年就嚇跑了，國民黨晚我兩年才到臺灣。有一次應邀到「仁愛之家」演講，面對幾百個老兵，我笑說：「各位大約在民國三十八年來到臺灣，我比各位早到兩年。」唬得老兵一愣一愣的。民國三十六年，很簡單地就標示出我在歷史上的位置，說早不早，說晚不晚，說民主算不得是驢與大象的民主，說獨裁也還搆不上金氏紀錄的那個時代，我來，我看，誰也不征服。

有人知道我們是三月以後出生的，寄望深深地說：你們是二二八的冤魂，回來報仇的。七十年過去了，也不知道該報的都報了嗎？還是又結了新的冤仇？

民國三十六年，歲屬丁亥，豬。我講過最短的笑話：「我是豬。」龍年出生的龍女笑得最開懷。大我一歲的，以前也會很小聲地說：「我是狗。」這幾年「狗」從動物升格為寵物，他們的音量提高不少，「狗仗人勢」的成語，說不定會比《中華民國憲法》更快替換主詞。以前跟生肖屬狗的朋友坐在一起，總會被指稱「他是豬」、「他是狗」，尷尬萬分，後來，我學聰明了，我會反指他們：「啊你們豬狗不如。」那些不是豬、不是狗的，笑聲就會明顯收斂些，奉勸五年級、六年級的，成語真要熟背熟用哪！

不過，有時想想，為什麼要跟自己的生肖過不去呢？說人家「豬狗不如」，人家就真的「豬狗不如」嗎？還是自己先已「豬狗不如」？

同樣是豬，已經很好笑了，有時我們卻還要拉朋友下水。譬如說當我講了「我是豬」的笑話以後，通常我都會追加一句「陳憲仁也是豬，康原也是」，兩頭豬的笑話通常會勝過一頭豬的笑聲。他們兩人都比我晚生四個月以上，所以陳憲仁會接著說「蕭蕭是豬頭」，壓軸的笑聲通常又壓過主軸，陳憲仁一向擅長這種壓軸。

康原很早就蓄起鬍子，翹起腳了，很多人包括（但不限於）他自己都以為他比我年長，四十幾年前康師傅夫妻兩人就教孩子叫我「叔叔」，都七十歲了，我沒有長進，還是康家的叔叔。好在，都是豬，不必扮，就可以吃老虎。

●

現實裡沒吃過老虎，但在想像的世界卻可以穿古越今，那個時代的男孩子都看布袋戲長大，古典演義小說、劍俠戲、金光戲，不在這一村演，也會在隔壁村扮。彼陣，電線杆剛入鄉，電燈泡在我讀初中時才進入我家，RADIO還不普及，電視機沒聽說過，我們在戲棚下認識人生、認識歷史、認識神話、認識忠孝節義，也認識想像世界。往往從這一莊追到另一莊，真心擔憂「武林鐵漢南俠翻山虎」的安危，急著學習「文俠孔明生」的智慧，想要探悉「北俠小流星」的機智，這是「南投新世界」布袋戲團的主戲，爸爸陪著我，北到員林東山，南至田中外三，夜夜奔波，成為戴墨鏡、帥氣十足的「南俠翻山虎」的粉絲，認定團主陳俊然這幾個字，痛恨妖道，不喜歡「生毛帶角」的人，到今天都是。後來又看了日本電影《月光反面》，剛剛學會騎鐵馬的我，總要放開把手，雙手抱在胸前，瀟瀟灑灑，從內到外，讓自己充滿俠氣，總要時時練習從稻草堆一躍而下，總要拿著一根小樹枝追趕鄰居的雞鴨鵝，「雞飛狗跳」對我來說，不是成語，是我——小小的武林鐵漢，展示武功的成果。

漫畫、布袋戲，同樣帶領我們進入幻想的世界，只是漫畫要用錢買、用錢租才有得看，我們家從來沒這筆預算，我也不敢有這種打算，但是我又不甘心只看《小學生漫畫》，總要慫恿住在石頭公的蕭同學（我的小學同學幾乎都姓蕭）去租《漫畫週刊》。一租回來，他當然搶先翻閱，他總說：「我先看，你好好寫功課，寫好功課換你。」我乖乖坐在旁邊，努力寫功課，隨口總要問他：「現在呢？真平趕回來了嗎？」「還沒啦！哪會那麼快！」「那諸葛四郎怎麼辦？」「怎麼辦？先寫功課啦！」星期四，總要這樣懸著心寫功課，功課其實也沒什麼了不起，十個生字各抄一行，五題數學演算題，或者一張考卷，有《漫畫週刊》無聲在督促，不到二十分鐘就寫好了。「換我了啦！」「還沒啦！哪會這麼快！要不然，我的也幫我寫好。」為了看漫畫，我的功課總要做兩遍，為了看漫畫，複習兩遍的我成績也變好了。

《諸葛四郎》的漫畫是葉宏甲的作品，總放在書刊的第一頁，掀開封面就看見四郎與真平，哭鐵面與笑鐵面在旁陪襯，葉宏甲筆下每一條曲線都扣人心弦，每一個關卡都惹人心驚，或許是英雄崇拜的關係，那時每個小男生都想梨出四郎的髮型，可惜，我們都理小光頭。

或許真是英雄崇拜，我還喜歡林大松的《義俠黑頭巾》，永遠身穿一條黑長褲，裸露上半身（不記得有沒有畫出六塊肌），頭上梨著黑頭巾，頭巾上面還插著一支匕首，即使冬天也這樣勇健，飛簷走壁，沒有不可到達的遠方。

遠方，其實是距離我家十公里的員林（圓籃），我們口頭上都說是「籃子街」，是城、是街、是都市，開車只要十五分鐘，那是現在，那時我們很有環保觀念，不開車，騎腳踏車，大約三四十分鐘，要吧？沒手錶的中學生只能看著遠方，不顧時間，只管用力踩著腳下的踏板，啊，這鐵馬真是自行車，要自己踩踏才能行走的車。

到了遠方，才知道還有遠方。

我從員林，又到彰化，第一次認識新詩，買詩集，參加覃子豪先生的中華函授學校新詩班，就這樣跟黃榮村一頭栽進新詩的欣賞、創作與研究。高中時，我們創辦了《晨曦文藝》，與彰化的古貝、陳奇合又推出了摺頁式的《新象詩刊》，如今想想，所謂一輩子，也不過是讀詩、寫詩而已。紀弦曾說：「新詩是橫的移植，不是縱的繼承。」對我來說，還是縱的繼承多一些，覃子豪、洛夫、桓夫、余光中、瘂弦、紀弦、周夢蝶、鄭愁予、林亨泰、張默、羅門……一路這樣讀到更遠的臺北，回過頭又讀五四時代的作品、日據下的臺灣新詩，所謂橫的移植，也是從詩刊、雜誌上大量大量閱讀的翻譯作品，《文星》、《現代文學》、《文學季刊》、《歐洲雜誌》、《大學》、《夏潮》……哪許一期沒閱！輔仁大學文學院二樓的報架，從《中央日報》到《大華晚報》

的副刊，幾曾一天漏看？新詩的養成教育除了張秀亞老師的「新文藝及習作」課程，不都是這樣野生野長，自行覓食？

大學裡現代詩社一個個成立，師大的噴泉、臺大的現代、政大的長廊、文化的華岡、輔仁的水晶、中師的後浪，時相往來，相互觀摩，這些成員都成為今日詩壇的中生代，每個人都有交叉的師承，都有氣場相近的夥伴。即使出了社會，龍族、大地、草根、掌門，青翠的詩社，迎接每一個根球都從臺灣土地萌生的年輕一代，沒有從大陸逃離的苦難，沒有日本殖民壓榨的辛酸，陳芳明、龔顯宗、陳明台、林鋒雄、鄭炯明、李敏勇、陳鴻森、蔣勳、羅青、蘇紹連、莫渝、林梵，三年級的詩友就這樣走向自己的遠方。

七十歲的今日，回頭看看，不曾縱心，還沒踰矩，童年的近處卻已成了另一個遠方。

二〇一六年十一月二日
寫於明道大學蠡澤湖北側

原載於二〇一六年十一月二十五日《聯合報．副刊》

龍行大地

龍飛在天的嚮往

十二生肖，二十四節氣，好像是很古老的名詞，離我們甚遠，但仔細審視，終會發覺他們一直都在我們身邊，不曾遠離。二十四節氣，代表著我們所處的時間刻度、要我們時時感受的環境溫度；相對於臺灣、八卦山、愛河、大稻埕所標示的我們不同的生長空間——昔日的山、海、屯，今天的城鄉市鎮。至於可愛的十二生肖呢？多少暗示著我們的世間情、人間義吧！實實在在，人與物的對應，人與人的對待及其延伸用以戒惕或鼓舞的德性象徵。

關於十二生肖，動物性格與人格的象徵互動，神格的提升，命理的探討，十二生肖與十二星座的異同、互補，很容易引起大家談話的興趣，每次在這種聊天的場合裡，我只要講「我是豬」，大約就可以使這種言說氣氛熱烈起來，相信「我肖鼠」、「我肖蛇」的「自首」也有類似的效果，不過，那種強烈度稍稍不足。「肖鼠」的人可以很技巧地說「我是生肖頭」，「肖蛇」的乾脆改口說「我是小龍」，「肖豬」的人真的無所遁逃於天地之間：我就是豬，一輩子都是豬。

陳芳明（一九四七—）和我都是豬，他的左營「舊城國小」同學謝新達（一九四六—二〇一七），很乾脆就以「豬哥亮」為藝名，至今聲名響亮。據說一九七〇那一年，我們為詩社想一個響亮的名字，不約而同，兩人都提出「龍族詩社」四字，是因為我們久居「鼠牛虎兔蛇馬羊猴雞狗豬」雜處的現實深處，都嚮往著龍飛在天的詩的想像空間嗎？

《龍族》詩社成立於一九七一年一月一日，「龍族」或許還有更深刻的文學史上的意義吧！

《龍族》前傳：蟄伏或者蓄勢

《龍族》詩社成立於一九七一年元旦，但《龍族》詩刊則遲至三月才發行，因為我們相信「二月二，龍抬頭」，民間傳說農曆二月初二是龍抬頭的日子，雨水增多，節氣大約是「驚蟄」前後，萬物開始甦醒，新詩壇也應該翻翻身，動起來了！所以選定農曆二月二日對應的國曆三月開始發行詩刊，祝福新龍抬頭。

有趣的是，最初的社員約制在九位，為的是符合俗語常說的「九龍」，他們是：辛牧（楊志中，一九四三—）、施善繼（一九四五—）、蕭蕭（一九四七—）、陳芳明（一九四七—）、林煥彰（一九三九—）、蘇紹連（一九四八—）、林佛兒（一九四一—）、喬林（周瑞麟，一九四三—）、景翔（華景彊，一九四一—二〇二〇）。後來才逐漸加增高上秦（高信疆，一九四四—二〇〇九）、黃榮村（一九四七—）、劉玲、陳柏豪、林忠彥等人。一般認為：《龍族》詩社是七〇年代「回歸現實」、「回歸文化」的浪潮下，第一個成立的新世代詩社。最常被提舉的是創刊號所標示的：「敲我們自己的鑼，打我們自己的鼓，舞我們自己的龍」，其中文字平白，一如字面所示，我們「敲我們自己的鑼，打我們自己的鼓，舞我們自己的龍」，怎麼了？我們還是「敲我們自己的鑼，打我們自己的鼓，舞我們自己的龍」。那是一種相互尊重、相互寬容的個人主義的體現，那也是重視臺灣現實、重視漢文化傳統的深刻認知，是對諸如「橫的移植」、「超現實主義」的另一種柔性抵制。

最早籌組詩社的建議，應該來自施善繼與辛牧，他們兩人長期與《創世紀》同仁互動，但《創世紀》同仁間的矛盾多少影響他們的情緒，當時洛夫講的一句話：「施善繼這些人是喝《創世紀》奶水長大的」，直接促成他們兩人新組詩社的念頭，所以他們分別找上剛從預官役退伍回來的陳芳明與我，一九七〇年施善繼任職於臺北縣工務局工程隊，辛牧則任職臺塑公司，擔任《臺塑月刊》主編，在臺北市南京東路二段一號臺塑大樓內有一間小小辦公室，辛牧約了善繼和我三人聚會，善繼從三重騎機車，我從吳興街坐公車，匯聚在南京東路臺塑大樓「龍族」的第一個基地，現在則是金車的天下，偶爾也看見金車的新詩活動，南京東路二段一號會是臺灣新詩傳說中的「龍穴」？

早年，陳芳明的父親在漢口街開了一家「芳山園」旅社，陳芳明住居在閣樓上，從大學開始我就常窩在這裡，與芳明論辯洛夫與余光中，那情景彷彿高中時與黃榮村的論辯相同，論辯的客體也相同。漢口街「芳山園」緊鄰書街重慶南路，因此成了《龍族》另一個重要的聚會點。

那時，林煥彰還在為《笠》服務，同仁間應該也有一些相左的意見，興起了出走的念頭。不過，就現實面而言，《龍族》從《笠》詩刊獲得極大的鼓舞，那是《笠》詩刊當時的社長陳秀喜家人般的照顧，那兩年我們隨林煥彰、施善繼稱她為「阿姑」，「姑媽詩人」是《龍族》最尊敬的長輩，她的家幾乎也是龍族詩人最常出沒的地方，情感凝聚的所在。

可惜，阿姑沒有緊緊拉住我們，無形的前輩詩社、詩人的裂痕、陰影，一直影響著同仁之間的言談，產生新的矛盾，《龍族》詩刊發行一年半之後（一九七一年三月—一九七二年六月），我完成了臺師大的碩士論文，返鄉任教，也結束了這段因緣，我敲我自己的鑼，打自己的鼓，舞自己的龍去了。

後《龍族》時代：龍行大地的觀察

雖然龍族詩人各自敲自己的鑼，打自己的鼓，舞自己的龍去了，但回頭看看這四十多年來（一九七二—二〇二〇），臺灣新詩壇其實隱然有著「後《龍族》時代」的氣象：

黃榮村，二〇〇五年發表個人第一本詩集《當黃昏緩緩落下》，被喻為中華民國史上第一位「詩人部長」後，返回中部擔任中國醫藥大學校長，繼續推廣他的大學通識理念與人文涵養，後來的後來他又上任為考試院院長。林佛兒，在發行《龍族》詩刊之後，曾創辦《臺灣詩季刊》、《鹽分地帶文學》雙月刊，活躍於南臺地區，成為鹽分地帶二次大戰後重要的推手。喬林則據有《人間福報》副刊，為廣大讀者解析新詩名作名篇，影響深遠。

林煥彰持續創作新詩、兒童詩，遊走於兩岸、東南亞華語文國家，以《乾坤》詩刊綰合新舊詩的視野，兩棲詩畫，跨界演出，極受矚目。辛牧則繼承張默衣缽，接掌《創世紀》總編輯工作，在臺灣新詩壇努力穩住《創世紀》的龍頭地位。蘇紹連總管《臺灣詩學．吹鼓吹詩論壇》的網路事業，編輯出版《吹鼓吹詩論壇》平面刊物，為青年詩人規畫出版詩集已越四十冊，帶領青年詩人在「臉書」上積極創作。陳芳明先後與余光中、洛夫修好，棲身政治大學臺灣文學研究所，成為臺灣文學研究的領頭羊，文學史的定音人。我則再度回到家鄉彰化，善用明道大學資源，辦理「濁水溪詩歌節」，將詩與詩人引進校園，將新詩創作推上學術殿堂。

龍，翔於天，行於地，潛於水，像詩一樣，或有潛龍勿用之時，或多亢龍有悔之日，或許也有飛龍在天的可能。

謹以此文紀念我的研究所歲月

二〇一六年十二月四—五日

寫於明道大學蠡澤湖北側

原載於二〇一七年一月《文訊》三七五期

八卦，常民的高度

現代人誰不說一點、探一點、聽一點「八卦」？這種屬於八卦新聞的小道消息、緋聞傳言，已經成為新聞報紙的生存命脈。要不要聽聽林志玲的「八卦」？「八卦」是名詞；他最會「八卦」了，「八卦」成為動詞；最近有小豬的「八卦消息」嗎？「八卦」是限制消息的限制詞、形容詞。俗話說：「好事不出門，壞事傳千里」，「八卦」顯然是傳千里的壞事，誰都相信：沒有出不了門的「八卦」。

八卦，早已是常民生活的高度。偶爾按進影歌星的臉書，總看見幾萬、幾十萬人次在按讚，就是最好的明證。

據說，「八卦」之所以成為緋聞、小道消息的代名詞，是因為香港最早的成人雜誌、風尚刊物，喜歡以裸女作為封面，格於民風尚屬淳樸，總要在裸女的重要部位貼上一小幅八卦圖，遮（美、醜、羞，該選哪個字？），達成後代影片上的「馬賽克」效果，或者，選八卦圖竟是為了鎮邪（邪、羞的念頭又從哪來？），這類雜誌就被稱為「八卦雜誌」。——美工設計者的無心，卻有了柳成蔭的豐收。

不過，也有香港人認為，街道巷弄裡發售的小報，喜歡登載色情、靈異、命理、賽馬、犯罪、名流傳言、奇聞軼事，這種小報的版面通常是八開大小，「八開新聞、八開新聞」，香港話說久了，傳開了，就被誤聽成「八卦新聞」。就像彰化許多古地名是「牛稠」，「牛稠」、「牛稠」，說久了，寫雅了，就成為「芙朝」；說久了，寫雅了，「番子埔」、「番埔」成為「元埔」；「番子挖」、「番挖」成為「芳苑」。當然也有可能說久了，說俗了，「儒林」變「二林」，正正經經的出版術語「八開」疏野為新聞流俗的「八卦」。

不過，彰化的「八卦山」與香港的八卦傳聞毫無關聯。彰化人多說閩南語，還有一些客家莊說客話，當然也有像賴和家族被河洛化的「河洛客」，我們都以八卦山作為人格的脊梁，絕對比香港人的八卦傳聞早很多，我們說八卦山（Pat-kuà-san），沒有人會想成八開篇幅的山。只是「鎮邪」的想法，倒是同樣承自伏羲氏的八卦圖。八卦山不高，最高處在二水鄉，山勢由南而北逐漸緩降，經田中、社頭、員林，到彰化市時海拔只有九十七公尺高，這樣的高度是最適合常民生活的高度，走下斜坡可以開拓自己的田園，可以開拓自己的心胸，危急時可以上山避難，當時的官軍與叛賊都喜歡選擇這裡當作他們的競技場域，林爽文、陳周全、戴潮春等等事件就在這裡進進出出，有資格命名的、有能力建亭的，命名為定軍山，建造了太極亭（或者叫做鎮番亭、八卦亭），都在試著、圖著要以「八卦」鎮伏這些人為的災難？

曾經擔任彰化知縣的胡應魁（？—一八〇八）曾經上山看山勢，看不出網絡脈象之然、之所以然，當然也沒看出八卦圖、穴的蛛絲馬跡，所以建了太極亭，要以後天、人造的有形八卦，制伏無形的邪魔。八卦山之名早在乾隆五十一年（一七八六）出現，《臺灣詩乘》則在一九二一年編成，收有清人蔡德輝的〈八卦山〉：「曉登八卦山，歸來讀周易；掩卷一回思，山形尤歷歷。」記述他登山後因山名「八卦」而讀《周易》，想起整座山縱嶺一脈、橫谷無數，因而馳騁想像，倒也沒提起山形與八卦圖的關係，如果引這首詩說是山形歷歷像八卦，那就倒果為因了。近十多年混元禪師在八卦山臺地上的南投市建造「八卦聖城」，氣象萬千，是不是他看見了常民高度所看不見的氣象，那就不是住在谷地俗人如我輩所能探知的了！或許我們像一般民眾從山腳登山，偶爾回首，「小立迴環八卦山，風光瀟灑足銷閒。一鞭斜照頻回首，無數樓臺指顧間。」（林臥雲〈登八卦山〉），享受一下「定寨望洋」眼界大開的喜悅吧！

「八卦聖城」往西移動一些，那就是「微熱山丘」一大片一大片土鳳梨園的所在，陽光毫不吝惜照射的山丘，微微升騰著山氣、土氣、林氣以及鳳梨混合著太陽的味道。

再往西移動一些，即使下了坡，到了谷地，這氣息、這甜味仍然瀰漫著你的鼻腔，瀰漫在山林、風中，從嬰孩的嘴鼻到七老八十的嘴鬚，從彰化的磚牆、社頭的三合院，到田中的田、埤頭的埤、二林防風林的林，都瀰漫著幸福的氣息。

土鳳梨有點兒酸、有點兒甜，在臺灣所有的水果都改良成體積增大、甜度提升的金鑽效果時，土鳳梨有土鳳梨的憨直堅持，很多人都以為這就是臺灣人的本性，其實這種土鳳梨是日據時代從夏威夷引進的smooth cayenne開英種鳳梨，應該算是外來品種，相對於更早從福建進來的「本島種」，當時稱開英種為「南洋種」。「本島種」的鳳梨節眼很深，往往依鳳梨周邊去皮之後，還要順著鳳梨的節眼挖出兩三行斜溝，切工好的人切出來的鳳梨自有它的美感，不過，一般手藝切出來的鳳梨，坎坎坷坷，慘不忍睹，連鳳梨都會感到羞愧，恨不得捉起鳳梨皮遮掩自己。這時候你就知道，為什麼「切蘋果」、「切梨」、「切棗子」，我們都用「切」、「削」，甚至於直接用「咬」，唯獨面對鳳梨，臺灣話要用「刣」（thâi）了。

讀員林高中時，暑假我都在靜修路上的臺灣鳳梨公司打工，我的工作十分單純，從竹籠子裡取出鳳梨，送上工作檯，聽說ＩＱ四十以上就可以勝任，接著歐巴桑俐落地將鳳梨斬頭去尾，送上另一個工作檯，旁邊的歐里桑將筒狀的鳳梨，瞄好圓轉型的機器刀，一送，鳳梨迅即去皮、抽心，一顆滑溜、圓轉的裸體鳳梨，就這樣送上輸送帶，兩旁站著兩排目不轉睛的女工，直盯著鳳梨的裸體，注意哪一顆玉體上還留有黑色的節眼，要迅速為她去斑、整形，保證大家吃到的罐頭裡的鳳梨玉潔冰清。這種鳳梨就必須是「南洋種」的「土鳳梨」了！

「南洋子」在八卦山脈落地生根既久，我們就稱它為土鳳梨，臺鳳公司不煮鳳梨罐頭以後，土鳳梨就熬成鳳梨酥了。八卦山頂、山腰、山腹，這樣的高度，加上紅土，長日照，連夏威夷來的南洋鳳梨都適應良好，常住久安，定居下來，八卦山永遠有給不完的資源，足以應付不同時代的需要。

八卦從遠古伏羲氏開始，就以「乾、坤、坎、離、震、巽、艮、兌」的卦象，去對應自然界的現象、天地間的動能，那是天、是地、是水、是火，是雷、風、山、澤，八卦，一直是常民生活的準則與依據。

八卦山的高度，有仙有佛高高在上，供人膜拜；有碧山巖、虎山巖、清水巖，長期撫慰常民心靈。八卦山的高度，可以築造天空步道，既能俯視林木、松鼠，更可仰觀南路鷹飛翔，知道北地、南風的消息；八卦山的高度可以藏伏長達五公里、僅次於雪山隧道的八卦山隧道，快速連山通海；八卦山的高度，容許高鐵與山脈平行，十分鐘抵臨臺中，五十分鐘到達高雄。

有風無颱，有水無災。八卦山的高度，正是彰化常民生活的高度，那高度遠遠高過小道的八卦緋聞。

二〇一七年一月二十三日
寫於明道大學開悟大樓四三二室

原載於二〇一七年三月二十三日《聯合報・副刊》

扇形輻射的能量

——兼及詩人錦連

不久之前聽到陳敬介教授邀請一批學者召開學術研討會，論述臺灣三位作家、詩人，以「山、海、屯」命名，表示這三位作家、詩人來自不同的區域、不同地理特徵，可以為空間詩學、空間文化學、文化地理學，覓得更好的資材、憑藉，開展更多的文化論述——關於海，他指向遙遠的蘭嶼的達悟族夏曼·藍波安——那樣的論述像打開的扇子一樣，會有隱約的香氣，沿著一定的幅度飄散。

彰化也有彰化的山、海、屯。山裡來的人，會有曲折的心思吧！看看縱貫彰化縣境東側的八卦山，有著多少東西向的皺褶山谷，呼應著忽高忽低的丘陵稜線，想想二水王白淵（一九〇二—一九六五）的荊棘譬喻，社頭翁鬧的搬石頭的人，員林曹開（一九二九—一九九七）的數字密碼，他們都在山坳裡擷取果實，在三峰、五峰、松柏嶺上瞭望人生。

對海邊的人來說，山，只是一抹黛綠，靜靜蹲伏東方的一條龍。海邊的人，日日在海風、海浪的鼓譟間，沒有山阻卻執意迎向風險，不傍樹蔭但何妨追風而去，更無懼海浪有三頭牛的蠻力撲攫而下，他們會看見紅透半邊天的夕陽及其側旁的餘暉，他們時時想望中華白海豚，海裡洋裡優游自在，他們永遠在風頭追風，浪頭逐浪，謝春木（一九〇二—一九六九）不就是這樣寫出臺灣的第一首新詩、第一篇白話小說、第一篇新劇？

至於平原上的人，心境也平坦許多吧！賴和（一八九四—一九四三）的先人從虎山巖的山村進入東門，再遷市子尾，錦連（一九二九—二〇一三）的父親從北臺灣的三角湧南下彰化城，林亨泰（一九二四—）不從東螺溪西進鹿港，卻由北斗北上，沿著田尾、永靖、員林、大村、花壇的圳溝、田野，落腳在城裡思考鄉土的未來，還有一位，一樣從北斗出發，卻走向更大的城，屬於臺北、東京、京都的林文月（一九三三—）。他們都在屯墾以後的城鄉間走踏，他們的心靈都像大地般開向天空嗎？還是另有丘壑起伏在他們的心中？

五月的這一天，我隨著作家朋友群參觀縣定古蹟「彰化扇形車庫」，這座臺鐵彰化機務段動力車庫興建在一九二二年，是讓終日奔馳在鐵軌上，牽引著無數節車廂的火車頭，有一個可以歇息的地方，沒錯，他們說這是「火車頭旅館」。據說這是全臺灣碩果僅存的一座扇形車庫，早期火車以蒸汽機車發動，蒸汽機車的火車頭只能往前行駛，不像柴油車頭或電力發動的車頭，雙頭設計，兩頭都有駕駛艙可以控御，所以蒸汽機車需要一個可以迴轉三六〇度的轉盤，來調配車頭的行進路線，這座圓形的轉車盤，英文稱為The turntable，真的像餐廳裡的轉桌，可以在上面三六〇度迴轉，轉到一個確定的軌道方向再讓蒸汽機車前進。當時，一九二二年前後，臺北、新竹、嘉義、高雄機務段也都建有扇形車庫，只是一九七九年西部鐵路電氣化完工，蒸汽火車頭引退了，各地扇形車庫也就廢棄不用了！獨獨「彰化扇形車庫」留了下來，為堅持一個方向的火車頭保留可以靈活旋轉空間的轉車臺，保留了一個可以歇睏、歇喘的歇腳處。

這就是彰化，有山有海，適合屯墾，適合南來北往，鐵道山線、海線交會的所在，一個身心可以歇睏、歇喘的中繼站。

這個可以迴轉三六〇度的轉車盤，是一張好大好大的旋轉桌，整座扇形車庫，面對轉車盤像一把扇子一樣展開，十二股維修平臺是十二根扇骨，永遠攤開為一座扇形建築，從不合攏。扇形車庫稱為The roundhouse，自是屋子，是家，是旅館，以圓周的型態環繞轉車盤，火車頭經由轉車盤進入維修平臺保養，三天五天或許更久，再從轉車盤又走回日常軌道，像返鄉的遊子又回到生命的追逐現場，隨時反省自己：我在我自己的生命現場嗎？我是我自己的生命火車頭嗎？那種能量的加增，那種蓄好勢而待發的萌動，扇形，正是開展出去、揮灑出去，奔向遠方的鼓舞的箭。

一九二二年「彰化扇形車庫」建置六股機關庫方便調度列車，方便機關車回家維修，十一年間持續增加到十二股，一九七〇年開始，柴油電氣機車也來到這裡維修，蒸汽機車逐漸淡出，一九七九以後成為柴電與電氣機車的天下。在這裡，每輛機車都有標號，看到標號CK開頭的，如CK101、CK124，那就是已經退除役的老兵蒸汽機車，二十世紀八〇年代之前，帶領著我們奔馳在臺灣西部平原，是拉起經濟起飛的火車頭。柴電機車以R開頭，如R20；電氣機車則以E為首，最早的E101目前留置在這裡，讓我們緬懷、回憶，其他同梯的大都已報廢；E200—400型則是大家所熟悉，隨時進出大大小小火車站的現役機車，伴隨我們南征北伐。

我就站在轉車盤的北側，一棵亭子型的榕樹下，可以蔭佑三、四十人的晴雨兩用傘，這傘蓋逐漸加大中，大約也有近百年的歷史了！

這就是彰化，鐵道山線、海線南端交會的所在，有樹如傘，有庫如扇，一個讓車、讓人可以身心歇睏、歇喘的中繼站，適合南來北往，適合屯墾，適合堅持。

這時我會想起跟「彰化扇形車庫」大約同時出生的彰化詩人、作家，王白淵、謝春木、翁鬧、林亨泰、曹開、錦連、林文月，他們都撐開他們的傘、他們的扇，讓我們熟悉那一方專屬於他們的世界。是山、是海、是屯那一點，憑藉他們的文學，越過更大的山、更大的海、更大的平原。

或許是「彰化扇形車庫」是臺灣鐵道文化保存完善的珍寶，在這裡，我特別想念鐵道詩人錦連さん，我知道這不是他生前上班的地方，他在彰化火車站小小的電報房工作。錦連與鐵道繫連、與彰化繫連，是從父親那一代開始，錦連的父親是三峽地區富裕茶農的後代，但他沒有經營茶產業，出外到臺灣總督府鐵道部基隆站擔任行李房工人，並在二次大戰後升任為彰化調度所運輸主任，從此定居在彰化，生下錦連，影響錦連，十三歲的錦連就在一九四一年考進臺灣鐵道協會「鐵道講習所中等科」（二年制夜校），畢業後擔任鐵路電報員的工作，日夜輪班，從此寂寥的夜，蚊子、壁虎、蜘蛛、蛾的意象，幽閉的空間，就成為他詩裡一絲絲的血、一絲絲的肉的肌理：

神祕和愉悅冒煙燃起
把那些幻影凝聚起來
就會產生一連串的思想
詩便是——這最初的震動所釀成的
蠻橫無章的一種旋律

——〈詩就是……〉，《守夜的壁虎》（頁八十二）

但他清清楚楚知道，那結實的鐵軌有力地伸向遠方，他一直有著強烈的生存意志，他相信：這個社會不可以讓一個人貧窮到出賣自己的自尊、靈魂來求生。他，不會出賣自己的自尊、靈魂。郭楓（郭少鳴，一九三三—）也說他「不舉順風旗，孤絕屹立在一群人搖旗吶喊而另一群人順風舉旗的社會浪濤中！」他說：「錦連，就是一個不喜歡社交活動的詩人。他和詩壇之上的主流人物，拉開距離，獨行其是。這種行徑，等於捨棄了舞臺燈光、出頭露臉的機會，甘願在庶民中生活，在塵埃中吟哦。」（〈堅決不舉順風旗的獨吟者——論錦連作品的特立風格〉）讀錦連的詩，讀時人對他作品的論述，我腦海中總是升起那堅實的鐵軌，承受多少噸重量的輾壓，默默無言伸向遠方，這樣的印象。

這樣的印象，才是鮮明「鐵道詩人」的「鐵道」印象！

就在這棵晴雨兩用傘的傘蓋下，就在這座可以迴轉三六〇度的"The turntable"前面，就在下著微雨的總統就職日（總統的支持度已經低到不能再低了），我因為這張好大好大的桌子，可以三六〇度轉動的盤子，有了新的體悟。

不論多堅實的鐵臂膀，不論可以伸向多遠的直構構的鐵軌，其實都需要一個"turntable"。詩，就是詩人的"turntable"。蚊子、壁虎、蜘蛛、蛾，經過

“turntable”就是錦連詩中鋼鐵的意志力。

雨，還在下著，我撐起自己的傘，選擇十二股扇骨的其中一股，走向我自己的生命現場。

二〇一七年七月七日

寫於明道大學開悟大樓三〇四室

原載於二〇一七年八月五日《中華日報．副刊》

那一棵芒果樹靜靜看著

彰化八卦山腳下的三合院老家，二弟獨自一人留守，正身大廳後方是一棵三、四百年依然結果纍纍的芒果樹，稻埕西側是一片可以種植的土地，屬於全家族所共有。我查看過族譜，這三合院我們共同的祖先應該是我這一代往上數的第五代，包括稻埕西側這一片可以種植的土地，因此誰也不知道這三合院會有多少所有權人。

在明道服務的那幾年，我在稻埕最西側種了一整排柏樹、玫瑰作為圍籬，如今已經是無法修剪的高度了，依據杜甫的說法應該稱為「草木深」，不管是春天、秋天，籬內籬外，都一樣「深」。

我們住在三合院的南側，俗稱「龍邊」這一方。據說，古早的時代有算命先生經過，口中喃喃唸著：啊啊，龍邊會出賢人，龍邊會出賢人……那時候應該還沒流行「重要的話要講三遍」，所以他是一路喃喃唸著走過我們整個曬穀場，整個曬穀場南北長度是五間房的長度，我想，他應該是相當興奮的。另一個興奮的人，是正在稻埕西側整理農具的我的爸爸。

我二弟回老家留守時，就在我爸整理農具的地方種了一棵仙桃，那時，爸爸已經成仙了很多年。

仙桃樹上面攀爬著一欉絲瓜，弟弟、妹妹還在這樹旁教我辨識絲瓜花哪樣是公、哪樣是母。他們知道我讀了太多遍《論語》，跟孔子一樣，早就不如老圃了，無論如何都不能說是「農的傳人」。

稻埕西側，其實也是一條南北小通道，往南去是我們附近幾個宅院的共同出入口，往北，本來可以通過一個宅院抵達小學老師顧老師的家，後來，聽說風水先生強調各個宅院應該有自己的出入口，所以，樹籬增長了，我們就只從南方出入。

樹籬緊沿著我們三合院最北側的第三條「護龍」在增長，那條「護龍」住著遠房姑媽蕭足，既然是姑媽，當然姓蕭，小時候我們跟姑媽比較親，姑媽的先生我們竟然不叫他姑丈，稱他「叔叔」，後來才知道，「叔叔」是招贅來的，姓陳，怪不得姑媽的五個子女唯一的男孩要叫陳秋全，應該是當初入贅時約定頭一個男孩要姓男方的姓。姑媽有五個子女，我爸爸也有五個孩子，這兩家的老大與老大差一歲，老么與老么年齡相仿，所以整個三合院這兩家走得最親。

我與堂弟陳秋全是這個三合院裡的兩個讀省中的孩子，他比我還沉默寡言，善於沉思，每次兩人下象棋，他可以長考好幾個世紀，我去上廁所、喝水、再回來，他還在長考狀態中，好像他的黃粱永遠不會有煮熟的時候。讀中學時常與大人下象棋，很少有大人能贏過他，但所有的大人都喜歡找他下棋，他的棋路不是傳統棋書上傳授的。後來我北上讀大學、回員林教書，偶爾回三合院，他一定會過來陪我坐個幾十分鐘，是幾十分鐘，沒有言談，只有開頭的招呼語：「水順，你回來啦！」他不叫我哥哥，不像他的妹妹們阿柳、阿豆、阿滿從小就叫我「阿兄」，或許是隨著我自己的弟妹一起玩、一起稱呼吧！一直都那樣親切而不生分。倒是陳秋全，不納入這個家族倫理軌轍內，總有一些異星球的想法和話語，好在，我也不一定屬於這個星球，所以，這兩個家庭，不是他穿針，就是我引線，算是頻繁來往的鄰居、親族。

陳秋全的大姐蕭綿，大我三歲，小我姐姐一歲。七歲時，我們都要上國民學校，我們家五個小孩年紀到了都上學去了，阿綿「姐」好像沒有準時上學，直到我上一年級了，她才來跟我同班，有一搭沒一搭的，常要麻煩級任老師顧老師家庭訪問，勉強召來幾天，又輟學了，據說是她「後叔」不讓她讀書，要她種花生、種菜、種青皮豆，幫忙農事。我升上二年級，換了級任導師，導師不再是鄰居哥哥的顧進益老師，大約就少了家庭訪問時的「老師的堅持」，後叔不該有的堅持反而得勝了！

小學三年級以前，我都是跳著去上學，課間操的十五分鐘、中午午休時，又跳著回來，在學校與三合院之間，跳來跳去，老師念書，我跟著念，老師一喊下課，我跳著出去玩，課間操時大家在做健身操，我跑著、跳著（也是健身操啊）回三合院再回來，因為我阿媽會想我。真正下課回到家，稻埕、正廳後的神奇芒果樹下、八堡圳東側內湖小田野，我隨處跑跳，小學三年級以前，我是朝興村裡隨意彈跳的木麻黃小毬果，裂開來會飛出有膜翅的小種子。黃昏，忙過農事，阿綿姐會借我課本翻閱，那種珍惜、慎重的樣子，就像阿媽常說的「書內底有孔子公」那樣珍惜、慎重。或許，十歲以後我之所以能靜定下來，與古人同視息，是受到這畫面的影響吧！

定靜下來讀書以後，有心得、有疑惑時，我總是走下兩個石階、步上兩個石階，走到第二條護龍，與我們家廚房相對的龍寬兄的小飯廳，跟他辯證成語，確定生字，聽他說社會上的見聞，有趣的是他們這一房的堂兄弟都以「龍」字為名：龍溝、龍寬、龍慶、龍坤，而且聚居在龍邊的第二、三條護龍，這兩條護龍的西側（龍寬兄小飯廳的斜角）就是全三合院汲水、洗衣、洗菜的圓形古井——龍要汲水，市井小民要生存。

那個年代，學校大禮堂或三合院空地，總會有軍隊輪番駐紮，當時的國語教育相當成功，我已經可以用臺灣腔的國語，忘年結交裝甲部隊的駕駛兵李俊生，喜歡聽他說他們山東的大蘿蔔，山東的鄉野傳奇、農村小調。部隊調防時，我們以書信互報平安、互敘近況，隔一段時間，他會從臺中清泉崗、臺北三張犁新的駐防地，回到朝興村，穿梭在我們三合院正身、護龍間，原來稍有隔閡的外省人與本省人的語言、習性，慢慢泯除，我阿媽總是在李俊生出現時，殺雞煮蘿蔔湯，呵呵笑著，鄰居阿嬸、阿婆也跟著呵呵笑著。

民國五十一年，我讀初三，正忙著準備升高中，有一天阿媽跟我說，你阿足姑的大女兒阿綿要嫁給外省人了，早上坐著遊覽車往桃園去了！真是勇敢啊阿綿姐，突破多少人的心防、禁忌，走出小小三合院、小小村莊，走向不確定的未來。後來才知道，阿綿姐的先生是龍寬兄的排長，婚事還是龍寬介紹的，更後來、更清楚，排長姓毛，江蘇人，毛排長暗地裡透過蕭家家族最有聲望的國和兄做了關於阿綿姐的身家調查，十八歲的阿綿姐十足是勇敢的臺灣女性，直接聯繫毛排長，當面理性溝通，確認愛與婚姻的韌度。民國五十一年，本省女孩嫁給外省軍人，幾乎會被誤認為買賣婚姻的時代，江蘇毛立峰與臺灣蕭綿卻依著兩個人的默契，走著自己的路。

次年年底，阿媽過世，山東人李俊生跟我姐姐在臺北戀愛成熟的消息才傳了出來，依習俗他們必須面對：尊長者過世的百日內結婚，或者推遲三年，也許因為有阿綿姐的美滿婚姻在前，也許姐姐是自由戀愛，且不在家鄉，這第二樁鄉村姑娘與外省人的婚姻，順利在八卦山山腳這小小的三合院，阿媽過世百日內達成。

很多年以後，龍寬兄過世，龍寬嫂艱辛在三合院過日，扶養孩子，最後也跟退伍軍人結婚了，因為退伍軍人不姓蕭，他們搬離三合院，緊鄰三合院的西側，就在那棵仙桃樹的南邊，蓋了三層的樓房，他們的孩子在這兒成親、開了家教班，算不算也應驗了「龍邊會出賢人」的預言？

時間在走，歷史在改變，很多年以後，毛立峰與蕭綿姐的大女兒文芳跟我認親了，看著她從國中教師到中正大學中文系暨研究所主任，鑽研明清文學、圖像美學，推動國際漢學，親手為自己的父母編撰《世紀風華》、《油柑人生路》，她所做的，假以時日，不會少於我這個堂舅所堅持的。

這時，我好想追上時間老人，追上那個雲遊四海的算命師，「這三合院，不僅龍邊會出賢人！」

或許，三合院正身大廳後面那一棵芒果神木，三百年了、四百年了，只是靜靜看著，時間在走，歷史在改變，那溫厚的傳統，福建省漳州府南靖縣的蕭家傳承著，山東李家、江蘇省武進縣懷西鄉的毛家沖激著。

那棵芒果樹靜靜看著。

二〇一八年六月

最頑固的幾個字

舊時朝興村的秀才三合院裡，龍邊護龍的這一頭，許多溫馨的黃昏場景都在這裡自在上演。有時是作為男主人的爸爸裸露著上身在劈柴，文弱的小男孩我在撿拾劈開的柴薪，堆壘在屋簷下；有時是爸爸整修農具，以石頭敲打著鐵器，天邊都有回音，小男生吆喝著家裡的雞啊鴨啊歸巢，只有家裡的雞啊鴨啊聽得見那叫聲，接受那號令；有時，爸爸會撿起瓦片、石塊、磚頭，隨手遞給我一片，教我跟著他在大地上比畫著，學漢字，練漢字，那用力過深、斧鑿似的筆跡一直遠傳到二十一世紀的紙張上。

比較閒暇的黃昏，爸爸會拿著剪刀撕扯他腳後跟的厚皮，沒有一公分的長度，不成篇章，連截句都說不上。碎屑似的厚皮，這隻腳撕撕，那隻腳扯扯，有時還要動用剪刀，將左腳拐向右側不一定搆得著腳踝，又拐向另一邊衡量，就這樣拐著、衡量著、撕扯著，一個三分地自耕農的黃昏，撕扯著直徑一分不到的厚皮屑。

那時我全身細皮嫩肉，找不到厚皮，不知曉撕扯厚皮的苦，曾經天真地問他：「爸，按爾，袂痛喔？」他說：「死皮啊，袂痛。」我真信了他不痛的說詞。

我仔細看過爸爸的腳後跟，那裂痕，真像站在濁水溪畔抬頭仰視八卦山頭，千百個坑崁啊！爸爸時不時還要用自己削成的小竹籤，去剔那裂痕、那坑谷裡的汙泥，「袂痛喔？」「死皮啊！」一個三分地自耕農的黃昏，農閒時候的消遣，有時剔剔坑谷裡的汙泥，有時撕撕自己腳後跟的厚皮。

怎麼會長出這樣的厚皮？阿媽用河洛話說，這是結趼（kiat-lan）；老師說，這是結繭。阿媽沒有告訴我「趼」怎麼寫，老師倒是教了「繭」這個字，「趼」與「繭」，當它們都指向「手掌腳掌因摩擦而生的硬皮」時，它們的音義是相通的，唸作「簡」——簡單的厚皮；「剪」——應該剪除的厚皮。「繭」很難寫，我喜歡寫「爾」、「爽」這樣的字，左右統一，各打兩個大叉就對了，「繭」卻很難纏，兩岸各行其是，堡壘裡面一邊是絲、一邊是蟲，往往記錯，是會吐絲的蟲還是蟲會吐絲？好在我的小學老師不喜歡用板子打學生手心，要不然，我可能望著掌上的厚繭、摩挲著掌上的厚繭，記下了「繭」這個難寫的字。

不過，我的手終究還是長了繭，學校的老師不像爸爸教我在大地上寫字，他們要我削鉛筆、買筆記本，重複又重複寫一行又一行的字，後來我自己更在稿紙上辛勤耕耘，致使右手中指第一節指關節也因此長了厚繭，左手指去按這個厚繭，硬而結實，堅定且頑固，跟隨我四十多年，直到二十世紀末開始使用電腦鍵盤，才無形中消失於無形。

爸爸的手日日揮舉鋤頭、斧頭，掌中的厚繭何止一處，不僅改變了掌紋的走向，還在指頭基底固結為中央山脈的架式。後來讀諸子百書，發現這種手足胼胝的人還真不少，《莊子．天道》：「百舍重趼，而不敢息。」《國策．宋衛策》：「墨子聞之，百舍重繭，往見公輸般。」說的都是刻苦肉體、犧牲自己的兼愛行者；永遠在路上奔馳、勞碌，主張非攻的墨子。當然也讀到令人不滿的流亡多年準備回國的晉文公言論，他下令將盛裝食物的木質祭器拋棄，他們流亡在外這些年籩豆已經坑坑巴巴；同時也將隨身陪伴，隨時可以鋪展、捲收的草蓆、草墊也丟擲在河邊，他們流亡在外這些年蓆蓐已經磨損、脫落，不甚體面；至於人，待遇相同：「手足胼胝，面目黧黑者」排在隊伍的後段（《韓非子．外儲說》）。讀到這樣的句子，我內心其實是痛的。哪個農人、工人不是一輩子辛勞，大太陽底下揮汗揮鋤，哪個農夫、工人手足不胼胝，面目不黧黑！連荀子都讚譽：「有人于此，夙興夜寐，耕耘樹藝，手足胼胝以養其親。」（《荀子．子道》）手足胼胝以養其親，是值得讚許的，但是他們永遠沒有好知遇，國家機器永遠不知道善待那些長繭的手和足。

繼「繭」這個難寫的字之後，我認識了跟它一樣頑固的「胼胝」。真的頑固。尤其是這兩個月我腳底長了「疣」以後，見識到什麼是十頭牛也拉不回來的頑固。

是「繭」，是「胼胝」，是「疣」，還是「雞眼」？上網查詢，有的附圖說明，有的列表比較，當時好像懂了，其實還是無法辨識清楚。藥房的藥師建議用二五％水楊酸製成的雞眼貼，一週貼用一回，慢慢角質層會逐漸剝落。皮膚科醫師主張用冷凍治療，以零下一九六度C的液態氮，凍傷病變的表皮細胞，讓它結痂後剝離，一週一次，他說三、五次就可以康復了！我接受皮膚科醫師的建議，一週去接受負一九六度C的液態氮親吻，那吻不冰不親，而是刺痛，所幸，液態氮離開腳底時，刺痛也消失。我還問醫師，為什麼是負一九六度C，不是整數的負兩百度C？醫師只說這是最穩定、最適合的度數，後來看電視廣告的「強冽」，號稱利用零下一九六度C瞬間冰凍果實、也粉碎果實，這樣製成的啤酒完整鎖住水果原始香氣與風味。他們同樣以「負一九六度C」作為果實冰凍、粉碎的最佳時機，我是這樣信了醫師零下一九六度C的液態氮可以粉碎病毒疣的說詞，去接受五次又五次的冷凍治療。

「負一九六度C」或許可以瞬間冰凍果實、粉碎果實，但不能瞬間粉碎疣。接受冷凍治療的這七十天，我像《維摩詰經》裡的舍利弗：「我見此土，丘陵坑坎、荊棘砂礫、土石諸山，穢惡充滿。」那病毒疣，雖然只是雞眼大小，卻堅實得像未能去除淨盡的惡習，我心裡想著，結習如結繭，不是一天形成，所以不可能一天袪除，慢慢地磨，慢慢地磨吧！結習一盡，病毒也就不能著身了吧！疣，會像「負一九六度C」的果實那樣粉碎！

二〇二〇年六月十六日

原載於二〇二〇年七月九日《中國時報．人間副刊》

睡在牛牢間的那個晚上

決定回到彰化教大學時，我很高興又可以回到三合院住居，武秀才曾祖父留存下來的院舍、稻埕，是我十八歲以前的天和地，從來不需要用臺北人的坪數去算計。

結果生活機能最好的四間相連的屋子，留給了二弟，他一年三百六十五天都在這裡視聽作息，而我一週只回來睡三個晚上，所以我又整理了三合院龍邊第三棟的一間獨立屋，作為棲息的空間。弟弟們不知道，這一間在曾祖父的時代是牛牢（gû-tiâu），屋頂是蓋著稻草的土角厝（Thôo-kat-tshù），牛住在這裡。祖父的時代變成土礱間，小時候我還看著爸爸推捒土礱，礪稻穀，牛早已隨著三叔公離開武秀才的三合院了！後來這土礱間也不礪稻穀了，堆放雜物，鋤頭、犁、畚箕、鐵耙、風鼓都在。

整理好的那個夜晚，我睡在單人床上，想著或蹲、或站的牛會靠近窗口或門口，會望著月亮或者尋找風聲的來處？睡在單人床上，我想著後來隨著三叔公到另一個三合院的牛，會想念這間牛牢嗎？

而我是想念牠們的。

小時候一直羨慕同學有牛可以牽，可以隨意看牛吃草，還可以騎在牛背上吆喝，甚至於驅使牠們奔馳，就算只跑三兩步也很威風啊！——而我們家沒有牛，空留著一間牛牢。

有一次，走在圳溝旁，遇到同學雲峰和他的牛，我央求同學讓我牽一下牛，他帥氣地從牛背上溜滑梯式地溜下來，很正式地跟他的牛介紹我：「這是我最好的朋友水順，他想牽你，好嗎？」那牛不置可否，「shuāi」了一聲，雲峰說牠答應了，好像看見聖杯就斷定神明認可了，將繩索大方交給我，我陪著牠，同學陪著我，從小學門口走到土地公廟那棵榕樹前，牛沒說話，夕陽靜靜看著我們拉長的影子。

我是想念牠們的——睡在牛牢間的那個晚上——想念我牽過的那頭牛，想念我沒牽過的、曾經跟我同處這間牛牢的曾祖父時代的牛。

那一個白天我從元埔村（番仔埔）的明道大學開車追夕陽，進入了芙朝村，他們說這裡舊名「牛稠仔庄」，牛，曾經繁多稠密的田庄。那一個晚上，我睡在自己家裡的「牛牢間」，牛，牢牢黏著農的傳人，黏牢牢的空間嗎？

二〇二〇年十二月三十一日

原載於二〇二一年二月十一日除夕《人間福報‧副刊》

我與牛在田中寫的字

一向我們敬畏創造天地的神，但我也很佩服創造字、尤其是漢字的人。

你看，「人」和「大」所顯示的都是一個人雙腳微分的站姿，「人」字，悠閒而自在，一個人應該有的樣子；「大」，多了一橫，那一橫，就是人張開的雙手，「大」也是人，是張開雙手，奮力有為的人！真的，一個人張開雙手做事，肯定會有一些比較大的成就。就那一橫，那雙張開的手，那雙願意張開的手，造就多少大事，成就多少大人！

牛，龐然大物，至少對小孩來說，這是平日所能見到的最大動物，所以造與「人」相對的「物」這個字時，希望用來指稱世間所有的大大小小具體而可觸可摸的東西，動物、植物、器物、景物、事物，有色彩有溫度，千姿萬態，統稱的、泛稱的萬「物」，造字的人想到的就是「牛」，牛，簡單俐落，具象而可感，天地之間就是眾物的代表了。比牛的體型小一點，重點在比人也小一點的是「羊」，舊時農村路上容易看到一群一群的羊，所以，看到羊沒有人會害怕，因而群字、祥字、美字都以羊字為歸屬。羊，端莊，「犬」則活潑許多，說、學、逗、唱，好像沒有能難倒牠的項目，「狀」、「獻」這些字就跟定了「犬」，逐漸成為寵物最主要的代表。造字的人真的將「字」放在天地間去衡量、去思考它的最恰切的位置。

牛是龐然大物，造字的人卻以簡單的筆畫「象」牛的外型。走在農村路上，我體重二十五公斤的時代，都心甘情願退縮到路的邊邊，讓道給龐然大物的牛，兩眼閱兵式地直視著牠，如果攝下當時的我的眼神，應該屬於敬畏那一流。牛，偉岸的身軀卻有著一雙溫馴的大眼睛，可以奔馳的四腳卻永遠穩健前進，步步踏實。走在農村路上，我怎能不喜歡看牛？即使退到路的更邊邊。

圖畫書上的牛都有一個牧童陪著牠，牧童戴著好大一頂斗笠，橫吹著笛子，圳溝旁、草場邊，牛與牧童，田與藍天，一臉悠閒，遙遠的角落，農家煙囪冒著淡白的炊煙。喜歡認字的我，知道不吹笛子的牧童，可以正騎或斜騎在牛背上看書，不看了，可以將書掛在牛角上，看雲，看天。

阿媽卻不許我成為看牛的孩子，她將「牧童」直接翻譯成「看牛囝仔」（khuànn-gû-gín-á），說我是秀才的後代，要好好讀書，不能成為「看牛囝仔」。

明明老家三合院有一間「牛牢」，我們養過牛啊！我問阿媽：牛牢間的牛呢？

她說，當初分家時，我們二房留守舊家園，大伯公與三叔公遷到村子的南邊另建兩座三合院，三叔公家男丁多，所以牛跟著他們過去了！

人是到村子的南邊，分家時分的田猶然留在我們家西側內湖底，我想五伯牽引的那條牛，應該就是住在牛牢間那頭牛或者那頭牛的後代，他總是牽著那頭牛回到內湖犁田，犁自己的田，也為別人的田土翻新，他左手拉著牛索，要牠快、要牠慢、要牠踅頭、轉彎，全靠著左手一拉、一頓，更多的時候要協助右手扶犁、駛犁，要讓犁深入堅硬的田土裡，翻出新的生機。人牛都累、都喘的時候，才會短暫休息，他先將牛繫在巷尾的樹頭上，餵牛吃草、喝水，然後走到我們家聊天，喝松柏坑的茶。阿媽這一說，對於那頭牛，我忽然有了東牽西引的繫掛，好像牠也是我們家的親情五十。有幾次，我還趁著五伯在客廳喝茶的空檔，跑去樹下幫牠趕蒼蠅，牠用尾巴甩，我用帶葉的樹枝拍。彼當時，雖然沒有牧童的怡然，但是卻有飼牛囝仔的舒爽。

黃昏的時候五伯也可能進到他說的「舊厝」——我們正在住居的三合院，寄存一些笨重的農具，不用來回背負。最笨重的應該是「割耙」（kuah-pē）和「磟碡」（lak-tak），它們的造型相近，左右長度約兩公尺、前後寬度一公尺的實木農具，相當於今日總經理大辦公桌的桌面，割耙呈「口」字長方形，磟碡中間多一橫，呈「曰」字長方形，大而重，幾乎超過一具獨木舟，扛著割耙村南村北走一回，人生的負擔又多了一些重量！

那一年我十歲了，體重達到三十公斤，看著五伯扛起那具割耙，小心翼翼，閃躲著前後木板上的鐵齒，我不自覺也小心翼翼跟著五伯到田裡。那木板上的割耙齒，是尖銳的鐵片，前排釘裝八片，後排七片利耙，人踩著割耙的重力，可以讓鐵片畫開堅實的土塊，牛拉著割耙前進，十分吃力，來回縱橫兩三次，才有可能把犁翻的田、曬過七天陽光變硬的土，切割成碎塊，所以，我唯恐那尖銳的割耙齒傷到五伯，全神貫注跟著全神貫注的五伯。

「你怎麼在這裡？」放下割耙，五伯才發現我的存在。

「我來看牛。」我真的是來看牛。

五伯把牛軛調整好，放置在牛的肩膀上，左右兩根粗繩緊緊繫綁在割耙前面那根橫木頭，他自己一跨，右腳跨上割耙前橋，左腳穩踏後面的木枋，這橋板下就是刀一樣的鐵片。隨後一聲吆喝，牛埋頭起行，人在割耙上起伏搖晃，顛顛簸簸，彷若陸上行舟，卻充滿了御風而行的暢快感。我在田的這頭，心裡喊著：「我也要，我也要。」

「你怎麼還在這裡？」割耙上的五伯吃力地踏著割耙橋，抬頭瞧見我還站在原地。

「我也要踏割耙。」我真的想要隨割耙起伏搖晃。

那一年我已有三十公斤了，五伯頓了一下牛繩，喊了一聲上聲的「ㄚˇ——」，我們家的牛停了下來，五伯牽著我上了割耙，他又頓了頓牛繩，喊了一聲去聲的「ㄏㄚˋ——」，牛就動身前行——

牛一動身前行，顛簸緊跟著顛簸，一路起伏搖晃，那割耙從未想過要善待一個十歲小孩，被切割的田土無暇顧及一個十歲小孩的首次農耕之旅，我必須在一秒之間學會平衡，學會適應前後踏板無法預期的、永遠不規則的弧度，學會迎接不平整的土塊無心的撞擊，有時五伯出手扶持我，有時我緊抓著他不甚牢靠的衣褲——後來我知道，任何人抓緊的當下都不甚牢靠，而且極不浪漫。

但是，挺立在割耙之上那當時，頗有「人」立在天地間的感覺。

「好玩嗎？」

「很辛苦。」「牛應該更辛苦吧！」

回家時，我沒提這一段顛簸的行程，因為五伯說一個禮拜後的拍碌碡（phah la̍k-ta̍k）更有趣。如果阿媽知道我冒了這個險，肯定會阻止我接近牛、接近碌碡。「阿浪（lōng）啊，你都不通予阿順偎牛甚近。」阿媽一定會再三如是吩咐五伯，五伯的名字很好聽：滄浪。滄浪之水清兮，可以濯吾纓；滄浪之水濁兮，可以濯吾足。這是長大以後才懂的。當時只知道，五伯「阿浪」，不知全名滄浪——多有文化底蘊的他的父親、我的三叔公，他的祖父、我的曾祖。

當時只認識礳碡實物，發音「lak-tak」，不知如何書寫。

礳碡，有人寫作「碌碡」，國語發音為「ㄌㄨˋ ㄉㄨˊ」，但臺語比較好聽「lak-tak」，有一種旋律美，好像模擬葉片轉動、拍打軟泥的聲音，會讓我想起雅樂八音團裡一種擊打樂器，鼓棒擊打在硬木梆如和尚敲擊木魚，以「lak-tak」為聲，好像也以「lak-tak」為名。

外型與割耙相近的礳碡，是在長條的兩塊木板之間，多增了一根鑲裝葉片的滾筒，葉片的滾動可以反覆拍打土塊，讓土塊更細、更碎、更軟，甚至於把雜草壓進土裡。因為「踏割耙」後的農田，大土塊是被切細了，但土性仍屬堅硬，不能播種，需要引圳溝的水進來，花幾天的時間泡軟土塊，再以礳碡拍打為塗泥，以大根的「概」概平，才是適合插秧的秧田。

一週後，農田的土泡軟了，浸在薄薄的水中，名副其實的一片水田，當然會有唐詩漠漠水田飛白鷺的景象，拍礳碡時白鷺鷥會隨在牛的後面、人的後面、礳碡的後面，尋找食物，大片土灰色的農田與牛隻，泛光的水，飛舞著幾隻白鷺鷥，那場景就是迷人。

踩著軟泥，感覺腳底還有雜草、土塊，我隨在五伯身後上了礳碡，剛剛站穩，五伯一聲「ㄏㄚˋ——」，牛開始邁步，我一晃身，立馬穩住自己，水田上薄薄一層水，泥土比前次更細緻了，舟行水上，滑溜而平穩，偶爾有些起伏，屬於風力五級以下，浪紋微波的舒適狀態，牛仍然在賣力，人可以微笑，這是很多年以後流行的海濱衝浪、街頭滑板嗎？只是胯下的扇形葉片輪番拍擊泥水、田土、雜草，噴濺的水花沒有花的美麗和香氣，兩隻腳、短褲截、汗衫都是汙泥。這一次可要費一番功夫才能洗淨，好在六月天，日頭炎炎，跑幾趟行人少的圳溝邊就乾了，喘的氣還比牛拉一趟磟碡還清和哩！

站在圳溝邊，五伯和我們家那頭牛已經走了，只留下一個好大的「田」字在田裡，「口」字裡的「十」，縱橫交錯，憨憨重複寫了好幾回，那是牛和我們合寫的字，天之下沒有那麼大的橡皮擦可以塗抹這份記憶！

二〇二一年一月十四日　小寒過後大寒未至

原載於二〇二一年一月三十一日《中華日報・副刊》

輯三
詩與思的牽繫

靜了群動．空納萬境

——〈你的詩笑了嗎？〉之一

寫詩就是寫心，心念可以縱橫這時那空，不是任何流派所能拘限，草根鄉土何妨，後現代也好，三句五句長句短句都可試試，有意象、無意象、黑貓、白貓，都是生命。重要的是：心，是不是靜下來，返觀、鑑照自己；心，是不是空下來，寬容、讚賞異己。靜，才可以看見自己的嘴臉；空，才可以看見別人的風采。

我喜歡蘇東坡說的話：

欲令詩語妙，無厭空且靜。
靜故了群動，空故納萬境。

——蘇東坡〈送參寥師〉

心靜了，空了，
所以，你的詩笑了！

不要把關關關在籠子裡

——〈你的詩笑了嗎？〉之二

我是蕭蕭，來如風，去似情人的喘息，所以叫蕭蕭，日裡如風，夜裡卻似竹林幾聲窸窸窣窣。

那隻雎鳩叫關關，朝也關關，暮也關關，怎能不叫關關？

我喜歡穿梭在山林中，他喜歡走跳在沙洲上。走走跳跳，活潑的他是第一隻跳進詩裡面的鳥，故意讓謙謙君子想起他的淑女窈窕。

現代紀弦，勇敢地把狼留在詩的曠野，颯颯颯颯地長嗥。當代蘇紹連，讓心裡那隻獸，衝出綠色叢林，嚇壞許多保守的詩家。

把鳥養在籠子裡，不如把鳥養在天空中，把鳥養在天空中，不如讓鳥自在地飛在詩行裡，不如讓羚羊躍出他的隊伍躍入你的行列。

所以，你的詩笑了！

朽木

——〈你的詩笑了嗎？〉之三

走在虎山的小徑上，兩旁是蒼翠有勁的相思樹，腳邊是腐朽的一堆木頭。
樹，因為有生息流動在軀體裡，徒手不能折斷枝、莖、幹、體。
枯木一堆，沒有任何生息流動在軀體裡，所以蟻蚋叢聚。
所謂死亡，原來是忘記呼吸。
記得呼吸，記得永遠讓一口氣流貫在詩的語言文字裡。
所以，你的詩笑了！

騰跳的必要
——〔你的詩笑了嗎？〕之四

平靜的海平面，造就不了一個傑出的水手。——這是勵志金言。
唯有波濤洶湧，成就了女性的傳奇。——這是詩人的騰跳。
想到海浪推湧著海浪，海浪推湧著海浪，海浪推湧著海浪︵︵︵
所以，你的詩笑了！

興觀群怨的翻譯

——〈你的詩笑了嗎？〉之五

因為你的詩，垂頭喪氣的弟弟們一一食用了紅景天。
因為你的詩，不用顯微鏡、放大鏡，都可以看見天使和魔鬼的笑容。
因為你的詩，天、不堅持是藍的，地、混著不同的色彩和板塊。
因為你的詩，負軛的人唱出她的歌。
所以，你的詩笑了！

周延：隨意的伸延
——〈你的詩笑了嗎？〉之六

一個「周」字，很多人停在周全、周延，就結束了，我會看到開口笑之後的開口吉，開口笑是外在的面容，吉，卻是內在的喜悅。

「周」字，當然會想到周公、周夢蝶、莊周夢蝶，諸如此類。公婆公婆，我還會想到周婆啊！

「周」，加兩點，成為「凋」，凋零、凋謝，我會想到林花謝了春紅、太匆匆，也會想到落紅不是無情物，早晚化作春泥。其實想複雜的「雕」字也不錯啊，啊！「祕雕」，祕雕一出，史艷文就追過來了。

祕雕一出，花雕也來了，花雕雞、花雕酒跟著來了，實物製作：花雕酒早於花雕雞，腦海想像：花雕雞多於花雕酒。腦筋一逆轉，雕花也出現了，果雕、冰雕，整個家族都來了！

寫詩最忌：雕琢，但，「精雕細琢」卻又成為另一種功夫。雕蟲，是小技，雕龍呢？明詩、辨騷的雕龍呢？

所以，你的詩笑了！

窈窕與窈然

——〔你的詩笑了嗎？〕之七

詩是最初的窈窕，歷經恍然、淡然，而後進入性靈的窈然。
如果沒能見到事物最初的窕窕，如何會有喜悅、會有激動？
如果未經恍然、淡然，如何能歸屬我、歸屬大眾，如何能長長久久，內心持有？
性靈的窈然是一直蠕動的開悟、開發，沒有止境。
所以，你的詩笑了！

自然的玄思小道
——〈你的詩笑了嗎？〉之八

詩是走進自然，沉澱自己，思考人生的玄思小道。

不進入山林，不親近海洋，不踩踏砂礫、泥濘，不觸摸烏龜的殼、鬼頭刀的鱗片，彷彿不曾遇見生命，不曾遇見不一樣的生命。

不能讓自己沉靜下來的躁進者，當然不會注意生命微細的變化。因此，牽那細細的髮，鼓動那小小的蝶翅吧！

觀察生命之奧，思索生命之玄。

所以，你的詩笑了！

審視夢想鱗片

——〈你的詩笑了嗎？〉之九

詩是長江大河，詩是涓涓山溪，張默的《夢想鱗片》絕對是瀑布縱落的白色浪花，散在長空中的無盡歡笑聲。

每一則，小小的三行天地人，是臺灣新詩小小的源流，終究要匯入你心靈的大海，繼續翻湧。午夜夢醒，天涯憑欄，還要回到你的心尖上彈跳、振鳴。

是一鱗，是半爪，卻也是鳳之一毛，鱗之一角，張默的《夢想鱗片》因為夢想而抓住了臺灣新詩發展的精神，是臺灣新詩的精粹，是鳳之一毛，鱗之一角。

日日審視這一鱗，這半片，想像那瀑布縱落的無盡歡唱。

所以，你的詩笑了！

虛空無盡而你在其中
——〈你的詩笑了嗎？〉之十

回頭看一看自己雙腳所站的土地，單腳長不過二十五公分，寬約十公分，雙腳乘以二，這就是你所據有的地球表面的面積，那吃進地球的深度——所謂腳印，則幾近於零。從腳底到頭頂的身高，那是腳長的七倍，這腳底到頭頂的重量，成年的你約在五十—八十公斤之間，這全部的點、線、面，全部的體積，全部的形象，都暴露在虛空之中。

你的腳底接觸著實有，你的身體則完完整整裸露在虛空中，裹覆你的是飄飛的、虛無的、流動的空氣。那飄飛的、虛無的、流動的空氣的高度，卻又是數萬倍於你的身體的長、寬、深，那數量又數萬倍於你呼的二氧化碳、你吸的氧。它們都在更廣大的虛空裡。

虛空無盡，而你在其中。你以二十五的面積、地球表面無以標記的點，撐住一大片無以計數的虛空。

虛與實之間的比例，遠大於冰與火之間的溫差。

——但，那一大片無以計數的虛空中，其實充盈著實有的氣。

有一天，這肉體沒有氣息流動其中，不論是土葬、火葬、樹葬、海葬，最後的灰，充盈不了一個甕，卻又進入地球的實體裡，無可避免，沒入虛無。那靈魂，則飄飛在無盡的虛空裡，那充盈著實有的氣的虛空、虛空裡的氣，對於靈魂，卻也不具有什麼意義了！

這麼巨大的虛與實之間的比例，陰與陽的差異，你會了，通了，不再害怕大虛與小實之間的數字難以衡量。

所以，你的詩笑了！

修多羅的花串
——〈你的詩笑了嗎？〉之十一

引「經」據典不能使你的詩笑。但我還是想解一下「經」。

經與緯，我們最基本的認知，它們是相對的。《文心雕龍．情采》說：「經正而後緯成。」如此看來「經」比「緯」重要。《說文解字》說：「經，織從絲。」「緯，織橫絲。」這意思是說，織布機上那固定的數十條直線，稱為「經」；穿梭來穿梭去（像歲月）的、橫向的線，就是「緯」。擴大來說，地球上連接北極、南極的虛擬直線，就是「經」：東經、西經；與赤道平行的就是「緯」，有人將民宿設在北緯二十二度。

經，是重要的，人體重要的骨骼、肌肉，要靠經脈、經絡、神經系統才能穿、引，才能動起來，這就是「經」。古代的人認為「經」就是「常」，就是「不可變易」，如「天經地義」，如果違離了「天經地義」，那就是「離經叛道」了。所以，儒家的經典就稱為「經」：《詩經》、《書經》、《易經》，宗教上無可撼動的典籍就叫「經」：《聖經》、《可蘭經》、《佛經》，甚至於某種技藝上的權威作品，也可稱為「經」，如愛茶的人所信奉的《茶經》、只有神才能移、才能倒的《山海經》。

這兩段話，引「經」據「典」，是知識，不一定給你的詩增添智慧。

如果理解一下「佛經」的「經」，在印度稱為「修多羅」（梵文Sutra），說不定會有不同的震撼。Sutra是用線串成的花串，一線以貫之，不使花朵（詩思、經義）散亂。這就是「修多羅」。經，是線，修多羅也是線，詩，需要那根線，經由那根線，找到詩的骨肉，繫連了詩的骨肉。

「經」者，「常」也，那是不可變易的「詩思」，內涵的詩之真。

「經」者，「修多羅」也，那是「花串」似的「詩語」，外顯的詩之美。

我拈花了——以經（線、修多羅）貫串香花了。

所以，你的詩笑了！

荷花定律
——〈你的詩笑了嗎？〉之十二

「行百里者半於九十」，小時候讀書沒弄清楚那個「半」字的意思，以為長征百里，有一大半的人在九十里的地方停下來了，所以激勵大家要堅持到最後。小時候的你是不是也這樣理解？——我們是另外的一半，我們要堅持到最後。

後來讀《戰國策．秦策》是這樣說的：「詩云：『行百里者半於九十』，此言末路之難。」前此的誤解是將眼光注視在過去的九十里，太辛苦、太累了！所以停在九十里處歇息。但真正的「半」是看向未行的十里，一百里走了九十里只能算是走了一半，最後的十里才是能否達成目標的關鍵，占著一半的決定性影響力。

累已經累過了，但前面的路程還要更細膩、更斟酌啊！

小時候，智力不好，數學也不好。朋友說，荷花開，會互相激勵，今天開一枝，明天會開兩枝，旁邊的其他荷花看了也覺醒了，所以後天會開出四枝，如此加倍成長。朋友這樣說，我也這樣相信，所以我參加詩社，喜歡看見朋友開花，我也跟著綻開我的花苞。

朋友又問了，如果整池荷花都開滿了需要三十天，那，開滿一半時是第幾天？

不就是第十五天嗎？

朋友笑了！「不是，是第二十九天。」

這是實際的數學問題，卻也是腦筋急轉彎的問題。他們說：這叫荷花定律。

這不就是「行百里者半於九十」的樂觀版嗎？而且還貼近小時候誤讀的、具有激勵成分的樂觀版：二十九／三十，再一天，就全開了！九十／一百，再十里，就抵達了！

我喜歡荷花的樂觀。我也細膩且斟酌後面的十里。

這次，我拈舉的是荷花，也或許是枯荷，十一月了啊！

所以，你的詩笑了！

斷

——〈你的詩笑了嗎？〉之十三

斷絕眾人的雜訊，學會在自己的懸崖上湛然；
捨棄眾人的腳印，學會在自己的仄徑裡藹然；
離開眾人的掌聲，學會在自己的華燈下淡然。
或許就可以像日人山下英子那樣「斷絕不需要的東西，捨棄多餘的廢物，脫離對物品的執著」而自在。
所以，你的詩笑了！

捨

——〈你的詩笑了嗎？〉之十四

斬斷形容詞，存放著本然的真。
割捨階段性的句點，向那未知時、無知處邁步……
脫離那熟悉的旋律，不許他們在耳邊迴繞。
所以，你的詩笑了！

離

——〈你的詩笑了嗎？〉之十五

接近完美地斷、捨、離。留下完美的自己
所以，你的詩笑了！

斷捨離

——〈你的詩笑了嗎？〉之十六

接近完美地斷、捨、離，留下完美的
空
白
所以，你的詩笑了！

稻農與米蟲
——〔你的詩笑了嗎？〕之十七

把一粒稻種在田裡讓它成秧、成苗、成稻，形成飽滿的稻穗，這是稻農。說得容易，其實過程複雜，先要將選好的稻種浸泡一段時間，用麻布蓋住頂端，讓它透氣不見光，等它發芽，發芽長成一定的分寸，再撒在小小的種田裡等待長成為秧苗，秧苗也有它自己應有的分寸，才能移植到稻田裡，這就是大家習知的插秧。

稻種發芽的期間，農人不能閒著，他要在已經割完上期稻、現在閒著的農田裡，撒布綠肥，波斯菊、油菜花等等，要插秧的前兩三週，再把這些綠肥、稻稈，和著陽光、鳥糞、空氣與雜草，打入田裡，引進水之後，還要將田土打得更細碎、更平整，這才是等待插秧的汪汪水田，等待秧苗油油的水田。

接下來很長的一段時間，要適時施肥、除草，這時農夫不僅是勞動者，還是化學家，他要知道何時施放氮肥、磷肥、鉀肥，多少比例摻合才最適合自家的稻田、稻種。

這就是稻農，需要一三五天到一四五天，才能將一粒稻魔幻為一串稻。

米蟲只需要二十四到三十六小時，就可以將米與田共治在一起，成為米田共。

我想像，你笑了。

所以，你的詩笑了！

一心清，萬詩澈

——〈你的詩笑了嗎？〉之十八

「大學之道：在明明德，在親民，在止於至善。知止而後有定，定而後能靜，靜而後能安，安而後能慮，慮而後能得。物有本末，事有終始，知所先後，則近道矣。」

以前讀《大學》經一章的首段，老師教我們這樣斷讀。老師說，但有天才秀才這樣標點：

「知止而後有定定，而後能靜靜，而後能安安，而後能慮慮，而後能得。」

他驚覺少了一個「得」字。

他的朋友，另一個秀才解救了他，因為他的書上多了一個「得」字，他是這樣標的：

「知止而後有，定定而後能，靜靜而後能，安安而後能，慮慮而後能。得。」

真是了不得啊！標出新意，還能解救朋友。

我在一場大型講座上聽人演講，舞臺後的屏風就是《大學》經一章全文，我一面聽講，一面讀《大學》，知道《大學》的重點在「修身為本」，《大學》的方法論是「致知在格物」：

「物格而后知至，知至而后意誠，意誠而后心正，心正而后身修，身修而后家齊，家齊而后國治，國治而后天下平。」

我在想：

有沒有可能，一物通，萬事通；一道明，萬理明；一心正，萬眾正？

所以，何妨斷讀為：

「物格而后知至、知至，而后意誠、意誠，而后心正、心正，而后身修、身修，而后家齊、家齊，而后國治、國治，而后天下平。」

想想：而后韓國治了、美國治了、印度治了、南非治了……，而后天下平。

多清心的事！

一心清，萬詩澈。

很多人以為我在談眾人之事，你知道我食乎清、游乎清。

所以，你的詩笑了！

神豬的繫連

——〈你的詩笑了嗎？〉之十九

有一年，我應邀到長春去參加「詹澈詩會」，每個與會的朋友都要起身介紹自己，我的介紹詞很短：「我是蕭蕭，來自臺灣，臺灣與長春的距離很遠，我飛了兩萬一千公里才到長春，其實，臺灣與長春也可以很短，兩個字就可以連結：臺灣——四季——長春。」真的，兩個字就把臺灣介紹出去了。

有的朋友羨慕詩人寫詩很神，問說：怎樣才能神？

我連中間繫連的字都省略了，直接回答：神——豬。

朋友說：要養什麼？豬？還要養到一千三百斤？

不是。是「神就是豬，豬就是神」的意思。所以，能神，先要能豬。能「豬」的詩，才是神。

開玩笑，哪有這種理論？

這是鍾嶸（約四六八—五一八）《詩品．序》所說：「吟詠情性，亦何貴於用事？『思君如流水』，既是即目。『高臺多悲風』，亦惟所見。『清晨登隴首』，羌無故實。『明月照積雪』，詎出經史？觀古今勝語，多非補假，皆由直尋。」如何吟詠情性？不過是直抒胸臆罷了，不必引經據典，鍾嶸舉了徐幹〈室思〉、曹植〈雜詩〉、張華〈詩〉、謝靈運〈歲暮〉裡的詩句；思君如流水，明月照積雪，這些詩意都是即目所見，不用經史。如果以《詩經》「賦比興」的技法而言，偏近於基礎性的「賦」、簡單型的「比」。

所以，能「豬」的詩，就是現實、寫實、踏實的內容，有什麼、餵什麼，餵什麼、吃什麼，但是不能繼續這個句式，說：吃什麼、長什麼，應該是不管餵什麼、吃什麼，都能長「肉」的才是「詩」。這就是「豬」之所以為「神」的地方，「生命」之所以為「神」的所在。

「豬」是現實的、具體的、可觀的生命，「神」是玄想的、難以意會的境界。詩是從現實的「豬」到玄想的「神」的優雅小徑。

「我是豬。」「我是豬頭。」相對於別人的「龍頭」、「馬首」，這是生活裡我講過的最短的笑話。神——豬，透過現實的「豬」到玄想的「神」，卻不是笑話。但，你頷首了！
所以，你的詩笑了！

燕子如何飛掠天空

──〈你的詩笑了嗎？〉之二十

上網搜尋「箱庭」，卻陰差陽錯地買到一本童話式的詩小說《大海的朋友》，根據〈譯者的話〉所介紹的，作者工藤直子，一九三五年出生於臺灣嘉義朴子，她說過「記憶像一張張的風景明信片」。直子女士最古老的明信片，是臺灣南部鄉下的風景：水牛長長的睫毛、黑亮的眼睛，沾滿了蝴蝶鱗粉的小手，被鵝群追著屁股跑的小女孩……

所以，工藤直子比我早到臺灣十二年，但是她只待了十年，光復後隨父母回去日本。

《大海的朋友》是一本忽而詩、忽而散文、忽而日記的童話小說，主角是鯨魚和海豚，他們發展出莫逆無間的友誼。這裡選錄題為〈燕子飛〉的詩，詩的第三段出現了海豚。

像架在海面的／一彎細長的橋／燕子／急速地飛掠天空
為了連接四分五散的陸地的／綠色的心／燕子／像銀線般飛掠天空
毫不遲疑地　全速前進／毫不遲疑的　銀色的線／可是　一遇到海豚……
稍作休息／學海豚做空中翻滾

——工藤直子著、長新太繪、游珮芸譯：《大海的朋友》，頁一七〇——一七一

因為是在《大海的朋友》這部小說中出現的詩，所以，第三段發揮了詩應該發揮的功能，與小說中的主角做了繫連。

前面的兩段，卻足以讓閱讀童話的小朋友也快速學會寫詩。第一段：「像架在海面的／一彎細長的橋／燕子／急速地飛掠天空」，這段只在說：燕子飛掠天空的樣子，像海面上一彎細長的橋。

「燕子／急速地飛掠天空」，是一句寫實的、直白的敘述句，燕子飛過去是事實，但那弧形的影子是剎那成形、又剎那消失，在空中不曾留下任何的實影、實像，這種虛擬的影像，最常是詩人所要捕捉的「詩」。「詩」在哪裡？「詩」就在這裡。如何捕捉？童話小說示範的就是以實喻虛的譬喻：「像架在海面的／一彎細長的橋」。我們所

要描寫的對象（在譬喻法裡稱為喻體），跟我們所借來譬喻的東西（在譬喻法裡稱為喻依），兩者之間的性質，差距越大越好。燕子的飛影與一彎細長的橋，是不是物的質性完全不相涉？一飛影、一實物，虛實之間差距極大，但用在詩裡卻是正確的路。如果繼續發展下去，出現「燕子／急速地飛掠天空／留下一彎一彎細長的橋」，你就不會覺得晦澀難懂了！

第二段：「為了連接四分五散的陸地的／綠色的心／燕子／像銀線般飛掠天空」。後半段的「銀線般飛掠天空」，在理解了第一段的譬喻之後，就成為十分容易掌握的意象。但更值得讚許的是，作者無中生有的「四分五散的綠色的心」，一開始不知何所指，但加上燕子一再地「穿針引線」、一再地飛翔、一再地串聯，我們也會跟著喜歡那「綠色的心」所連接起來的綠色大地的地毯想像。——這才是真正「詩意」的創造。

此書翻譯者游珮芸在〈譯者的話〉最後問的是：「身為讀者的你是不是能在自己的心海裡找到鯨魚和海豚，是不是能找到屬於自己的詩，成為詩人。」讀的雖然是童話小說，作者、譯者都希望我們從此體會出「綠色的心」。

所以，你的詩笑了！

後來，我讀完全書，從封面直到封底，有關「箱庭」搜尋詞的，只讀到一句話：「她（工藤直子）現在每隔一個月到京都學『箱庭療法』（一種心理治療療法）。」

大海裡面撈，好不容易撈到一個東西，卻不是你原先想撈的，仔細再看，卻也未嘗不是你可以活用的另一個素材。

所以，你的詩笑了！

二〇一七年七月二十四日—二〇一八年一月二十日

寫於明道大學開悟大樓「蕭蕭書房」

原載於《中華日報．副刊》

詩與文明的交互滋濡
——我讀鄭愁予的〈宇宙的花瓶〉

詩，起於情義之覺，終而能與文化之明交互滋濡。

觀察嬰孩的成長，從最初的光與聲的這種肉體的尋索開始，她所尋索的目的就是期望在光與聲中獲得安定，那種輕柔的光線，和婉的音聲，會讓她心神靜定祥和，彷彿回到母親的羊水中，大自然和諧的懷抱裡，那是道的渾沌的最小型模，最佳狀態。——這種狀態，或許也是詩的最佳狀態。

三、四個月以後，她會認得母親的音聲、父親的形影，從而有了情義之覺。情義所在，她會瞬眼而往，轉頭而望，循聲影而喜。她的父母，或者說天下的父母，不也都因此象憂亦憂，象喜亦喜，成就情義流轉最早的雛型，傳播學最初尋獲的定義。——我們對詩的認識，不也是從自己發現情義所在，瞬眼而往，轉頭而望，循聲影而喜的那一刻開始？那一刻原就有光影與音聲，嬰兒時代，詩一直是跟光影與音聲揉合成形的。詩，起於情義之覺，跟光影、音聲揉合而成形。所以青少年時我們就將鄭愁予（一九三三—）的詩句「我達達的馬蹄是美麗的錯誤／我不是歸人，是個過客……」抄謄在筆記本裡、松花箋上，「客來小城，巷閭寂靜／客來門下，銅環的輕叩如鐘／滿天飄飛的雲絮與一階落花……」不自覺地印記在腦海、心版，「念此際你已靜靜入睡，／留我們未完的一切，留給這世界，／這世界，我仍體切地踏著，／而已是你底夢境了……」隨口謄播在我們的唇舌間、情人的耳根邊。有沒有發現？鄭愁予詩中總是隨手就用了「……」，總讓我們驚覺詩味的綿綿不絕，情韻的無窮無盡。心中的情義也這樣，綿綿，無盡，傳流著……

鄭愁予詩作往往在情意與情義之間出入，在游世與濟世之間優遊，在意識與意態之間迴盪，在氣象與氣韻之間吐納。二〇一三年的一場學術研討會中，渡也（陳啟佑，一九五三—）點評其「秀美」、「雄偉」兩種詩風之所然與所以然，向陽在「意識傾向」與「情感走向」間探測，林于弘（一九六六—）深入觀察鄭愁予詩作中的「山」「海」觀，李翠瑛（一九六九—）以「情」之所在、「意」之所往，論述鄭愁予情詩中的語言轉換與意象變造，羅文玲（一九七〇—）以「仁俠」稱之。無不集中焦點梳理鄭愁予詩中的情意與情義之糾結，可以見出鄭愁予一生詩作都在兩極之間浪遊。（參見白

靈等編：《衣缽的傳遞》，萬卷樓，二〇一三）

二〇〇八年我策畫首屆「濁水溪詩歌節」在彰化地區展演，那時整個臺灣只有兩個詩歌節活動，其一是臺灣政治、經濟、文化、教育、醫療、學術研究的發展首府，人才濟濟臺北市詩歌節；其二是面對世界第一大洋，太陽最先照射的臺灣東海岸，花蓮浩瀚的太平洋詩歌節。要以一個新世紀才成立的私立大學能量來辦理第三個詩歌節，我選擇以臺灣第一大河來命名，邀請華文世界有水龍頭的地方就會有人吟詠其詩作的詩人鄭愁予、瘂弦來做定調主帥。

鄭愁予那場的舞臺布置是一個實木的小方桌，桌上置放著一瓶精緻的五十八度高粱酒，兩盞金門陶瓷廠的酒杯，旁邊各自偏倚十五度相向的兩座沙發椅，我舉酒杯提問，鄭老師實飲金門高粱盡興演說，往往一談就是盤古、女媧，轉個彎才來到唐堯、虞舜，那時的〈南風歌〉離現代詩還有幾十座山峰哪！回頭也看一下瘂弦老師的舞臺設計，演講未開始，先請老師欣賞一段〈坤伶〉詩演，一疋一五〇公分幅寬的素白的布從舞臺最裡面、最上端直垂到舞臺，占據舞臺再迤邐到地面三公尺，布上書法大師寫了比斗還大的兩個字：坤伶，詩的朗誦者李大美一面朗誦，一面以白布裹捲著自己的身子，依循自己的情意節奏，或急或緩走步，或裹捲或舒展白布，只有雲門舞集才可能出現的舞臺設計吸引住滿滿一禮堂的觀眾目光。誦演後，我上臺介紹瘂弦，同學依事前的規畫迅速布置舞臺，一座單人沙發，旁邊簇擁著半個舞臺的各式盆花（明道大學就在田尾公路花園南方四公里處），老師是坐在花園中品茗開講的。第三場是我們彰化農民詩人吳晟，為他準備的是長條鄉村板凳，布場的觀念是各式農具、附近農田要來的稻草叢，吳晟還示範農人一隻腳蹲在板凳上的坐姿。我們讓三位詩人都回到他詩中的場景，詩與古典素養、詩與北方平疇田野、詩與濁水溪農業文明，談自己生命裡的的酣暢淋漓。因著鄭愁予和瘂弦先生的情義，詩在明道校園、鰲澤湖畔、人文大樹旁，綿綿，無盡，傳流著……

就像白靈寫的〈濁水溪〉那樣傳流：

濁水溪，你的哪一滴水
不是天空的眼淚？
你的哪一粒砂不是大山的身體？
你天天載著千萬朵雲，在我們眼前奔跑
你一點一滴把中央山脈帶去流浪
你是一條把臺灣揉成萬花筒的河！

二〇一一年因著「詩的原鄉」——湖北秭歸屈原故里的請託，敦請鄭愁予寫作一首歌詠屈原的詩作，在祭屈大典中朗誦，通過羅文玲的細心聯繫，我們終於在天涯的某一方通上了信息，鄭愁予寫了一首長詩傳來了，題目是〈水的文明與屈原的苗裔〉，詩的前端就是這首全文黑色字體的〈宇宙的花瓶〉，後面是一一二行的長詩。難題來了，從未在鄭愁予詩作中出現的圖像詩花瓶，如何朗誦出花瓶的圖像效果？一一二行的長詩如何在十萬人的巨型聚會裡安住聽眾的心不躁動？這是我所擔心的，羅文玲擔心的卻是不知哪一次才會是最後的定本，她剛將詩稿傳到秭歸，確定遠方收妥，老師的修訂意見又來了，如是者數回，鄭愁予對歷史文明的思考一直在他的腦海裡滾動，詩句跟著牽引、觸發，偶有決堤時、築堰時，砌了這塊石、搬了那塊石，好在，大方向不曾更變過：「我詩的創意來自華夏文明的起源！」

可是，這華夏文明的起源，鄭愁予指向：水的文明。

河與三水之地是為華
江與千湖之境是為夏

這水的流向雖是東南，卻時有轉折的需要；這水的流速，隨著地勢、時勢而有不同的緩急；這水的波紋，有時是帝舜的〈南風歌〉有時是孔子的〈獲麟歌〉，有時帝子降兮北渚有時聞佳人兮召予；這水，「他非常複雜……」，「然而他又簡單得只是一株幽蘭，卻足以綻放整條江流的華夏文明！」

鄭愁予以整個華夏文明的起源去撐托美政的理想者屈原，以水的文明去負載水神屈原，以弧線優美的瓷瓶去供奉「美的永恆」的堅持者屈原。

那一年，我們在秭歸——詩的原鄉，見證長江三峽水邊十萬人的聚會，靜靜聆賞這首華夏文明的源頭，水文明流程裡的水花。

其後，我們以將近一年的時間，聯繫兩岸的教育、文化、行政各部門，迎接秭歸鄉親所致贈的屈原銅像，與秭歸「屈原祠」同一型模的銅像，高一八〇公分，重達三百公斤，黃銅材質，銅像頗有屈原為國為民低頭憂思的神情，下方鐫刻著「路漫漫其修遠兮，吾將上下而求索」（〈離騷〉）的詩句。因為彰化市寶廍里約有三十戶、一百多名屈姓人家，門楣上懸掛著「臨淮衍派」，他們蒔花種蘭，端午祭祖，自稱是屈原後裔，可惜時代湮遠，我們無法獲得直接而有力的證據，但從此湖北秭歸與臺灣彰化兩地的屈家村子弟相互往來，次數頻繁而氣氛熱絡。所以，二〇一二年的端午時節，在彰化寶廍里舉辦了「兩岸鄉親祭詩祖——屈原銅像致贈大典」，秭歸「屈原祠」同一型模的屈原銅像就建置在屈家村附近的景觀公園。再次邀約鄭愁予、隱地、白靈、蕭蕭等人朗誦詩歌，為屈原入江出海，來到臺灣，給予最大的祝福。

鄭愁予仍然朗誦〈水的文明與屈原的苗裔〉，但二〇一二歲屬壬辰，龍年當頭，老師遂將詩名改題為〈帝的苗裔——龍的在世〉，而且還以不同的顏彩妝飾〈宇宙的花瓶〉，迥異於二〇一一年獲得全球生命文學創作獎章所出版的《和平的衣缽．百年詩歌萬載承平》（周大觀文教基金會，二〇一一）的那種素顏——素淨一如未上釉的陶瓶的容顏。但是，既然稱為〈宇宙的花瓶〉，或許真需要加些擬想中的色澤，試看新冠病毒肆虐期間，電視螢幕上的病毒總是以艷麗的彩圖旋飛而來，實際的新冠病毒直徑大約是一二〇奈米（奈米，是一公尺的十億分之一），這極大與極小之間，無非是想像裡的繽紛。

這首原發表時以顏彩妝飾的圖像詩〈宇宙的花瓶〉（如附圖），遠非昔日我們所熟悉的情采鄭愁予，或許我們也要有不同的視角加以審視，甚至於產生新的、詩的、屬於你自己的3D視野，可以任你左右、前後、上下，立體性的思維。

至少，我曾這樣想過：

一生未玩圖像詩裝置藝術的鄭愁予，一出手的〈宇宙的花瓶〉，圖像如此謹嚴、規律、對稱，具有律動美感，而且還以繽紛色彩飾其顏面，在詩的形式設計上，出乎眾人

宇宙的花瓶

鄭愁予

混沌混沌混沌混沌混沌混
混沌無生黑冥無聲是元始之始
元始宇宙生出時空主宰為恒星太陽
太陽滾動釋出全身元素色彩光照是為火
火焰噴空而生幼兒其天性熱愛流浪為熔漿
熔漿活潑長成青年其姿態堅強固立是為岩石
岩石岩石攜手搭肩排坐擁抱強壯結為板塊大地
大地工匠老盤古挖掘堆建推擠板塊乃成山高峪深
太陽之火施威之後安撫之後快意戲耍變創世魔術
魔術使太陽嶙體諸元素成為物質成為空氣成為水
水水水兮水水水兮水水水水兮水水水兮水水水
水潛岩石之隙水漫大地之壑水升九天之虛空
水匯雲層高九重演出雷電雨雪虹霞之俳優
水滋物種於壑孕人祖女媧於穴母愛生焉
暴龍共工駕九重之雲吸盡世間水成旱
太陽遣祝融化身為鳳梵共工雙龍車
共工撞斷不周山天水穿天洞泄注
天水溢大壑歸墟滅絕世間物種
天水混沌大地再現原始洪荒
感恩人類始祖智慧之女媧
左手撒漫空水花造飛雨
右手揮亙天火光現彩虹
火光煉五彩石以天水淬之
乃創造華夏煉石補天之神話
補天壯美使共工俯首轉為善龍
又以麗日之光明表彰祝融愛真理
水與火與乎龍與鳳呈祥呈瑞人間世
女媧嫘祖黃帝顓頊老童帝堯帝舜大禹
獲麟歌仲尼唐虞之憂藉詩經仁道易禮春秋
離騷經屈原楚郢之哀傳救國性靈萬世感天問
華夏文明於焉開始為宇宙的花瓶供養詩騷舞樂
（是的，科學家的方程式指出宇宙的輪廓像一隻花瓶！）

意料之外，這是我們必須珍視這首詩的理由之一。

其二，閱讀這首詩的初始，我們不知道為什麼要以〈宇宙的花瓶〉命名，花瓶的圖像雖然顯豁在眼前，但直到詩末一行，黑色的字體，像註語一樣告訴我們：「科學家的方程式指出宇宙的輪廓像一隻花瓶！」我們才知道這花瓶原來是宇宙的最大形相，美感、浪漫感同時漾盪在心，未嘗不是另一種快感。

第三，所有的瓶罐幾乎都用來裝水，這首詩的主內涵就是在說太始之初，水文明興起了華夏文明，華夏文明為宇宙的花瓶供養著詩騷樂舞。如此以瓶的形狀裝填遠古以來的水的內涵，就像以眼睛、以透視鏡收攝整個大江大海的另一種隱喻，美好的隱喻。

第四，瓶的精緻、律動線條，與堅實的論述「水滋物種於壑孕人祖女媧於穴母愛生焉」，陰性的書寫，女權的推崇，形成良好的呼應，這大約是女性主義最原始的觀點的萌生處，〈宇宙的花瓶〉提供了資訊。

第五，〈宇宙的花瓶〉的論題雖然是在：水的文明、屈原、帝的苗裔、龍的在世，聚焦所集在於「水」這個元素，但相對於水的「火」卻是不可或缺的相對性的必然體。綜觀鄭愁予《和平的衣缽》是他省思華夏文明的源頭與詩之起源、本質，所得出的詩與論的結合體，是他平日授課、演講的精華呈現，在此書中，他視性靈為詩的感動力量之放射體，那是一種內在的大愛的光芒，一種憫人濟世的胸懷，輝映著火一般的光與熱，但是當它呈現為詩的語言、韻律、節奏，卻是抒情意味濃厚的水意象，遙遙呼應著華夏水文明，其詩的流暢、利捷，令人忍不住時時口誦心維，處處傳唱不停。（參見蕭蕭〈不容所以相濟：鄭愁予「水文明」的實踐——以《和平的衣缽》作為考察對象〉）這樣的水與火的不容卻又相濟的宇宙本質與現象，全書的精華，就此濃縮於〈宇宙的花瓶〉，〈宇宙的花瓶〉之所以不可輕忽者在此。

第六，如果將〈宇宙的花瓶〉視為詩與文明交互滋濡的一首詩，不妨取鄭愁予的另一首早期的名詩〈偈〉作為更簡易的另一種呼應：「然而，我又是宇宙的遊子，／地球你不需留我。／這土地我一方來，／將八方離去。」詩人的眼光與思維，應該有更多的「超越」，超越地球、宇宙，也超越今日的成就、臺灣的格局、當前的思維，一輩子都在超越「超越」。

第七，作為曾經是「現代派」的一員，鄭愁予的這首詩其實也在喚醒「知性」寫作的本衷吧！

……

……

詩，起於情義之覺，終而能與文化之明交互滋濡。所謂「滋濡」，一般都引用南朝蕭梁時代藏書家王僧孺（四六五—五二二）的〈中寺碑〉：「道周百億，化起大千，獎導羣有，滋濡萬類。」（《藝文類聚》卷七十七所引）之語，聲稱「道」可以獎導眾生，滋濡萬有。因此，對於現代詩的創作者，願意將詩與文明交互滋潤濡染，提升層次，是否也會有「『詩』周百億，化起大千，獎導羣有，滋濡萬類」的另類期盼！

二〇二〇年　春夏之交

原載於二〇二〇年《生活潮Waves》藝文誌夏季號

北方的弦有北方迷人的調調
——我讀瘂弦

瘂弦之弦繽紛你我的心弦

那麼多前行代詩人，紀弦、覃子豪以降，帶領我們，透過文字揮灑自己的陽光，飛翔自己的航路，檢視自己的五色、五音與天體、天籟的互動。

那麼多前行代詩人，我們尊稱為師，那是社會倫理的延續，在野的我們憑以嘲笑在朝的肉食者之所以為鄙的基礎力量。其中真正授我課的只有兩位先生，民國五十五年暑假我參加了「戰鬥文藝營」——那個時代是講究戰鬥的時代，一個島對一塊大陸爭取生存的時代，一個新興的工商能量對長達兩三千年的耕植漁牧挑戰的時代。戰鬥文藝營裡詩組的老師就是瘂弦、鄭愁予，我們就像小鴨子那樣跟隨，我常笑稱，兩位詩壇最帥的老師是我的老師，我……我的詩，怎能不帥！回到彰化服務，明道大學的人文團隊經辦了十幾年的「濁水溪詩歌節」，就是以邀請瘂弦、鄭愁予蒞校演講、朗誦，作為開端的；一個經營十幾年、還要永續經營下去的詩歌節，是兩位老師、兩場演講啟發的靈感。而我，多少年來，幾近一輩子吧！為新詩的創作、評論、教育、傳播在努力，不就是如師如父兩位老師的精神感召、行動效法！

瘂弦在我三十歲那年，策畫出版我的新詩評論集《鏡中鏡》（幼獅，一九七七），一出場就是精裝本，放眼詩壇，年輕的、年長的評論集誰有這樣精美、考究的裝幀？而且還親自撰寫推薦語：「現代詩的創作、批評，一直未能超越『橫的移植』的陰影，至蕭蕭始予廓清，純然站在中國本位的立場，肆力延伸《詩經》以降的詩思、詩法。」肯定的說：「詩人是新秩序的建造者，蕭蕭是此一新秩序的發現者與詮釋者。」他的鑑賞，我的殊榮，確立了我在詩壇努力的方向。

不知是真是假，有一次閒聊時，他說：「蕭蕭，你知道為什麼我特別關照你？」我輕輕搖了搖頭，他說：「因為，我母親姓蕭。」瘂弦的血液裡流著百分之五十的與我相近的蕭家血液？蕭，這姓，歷史上高貴的血統，那麼早就確立了我與詩、與言、與寺、與士、與寸，甚至與瘂弦、與詩評論的關係？

翻開瘂弦《聚繖花序》（洪範，二〇〇四）卷一「詩與詩論」，你會發覺：這卷的第一篇是《當代中國新文學大系》的〈詩學導言〉，第二篇是《瘂弦詩集》自序，都是他這一生編與著的代表性專書，第三篇則是為我編寫的《感人的詩》所撰的序文，今天看來，《感人的詩》不算是我編纂詩選中重要的一本選集，瘂弦卻已提筆為它寫序，而且拈出詩作重要的三質素：「美、思、力」，那是他的發現、精要型的詩美學，含籠著古典的、遙遠的、現代與當代的詩美學，藉著我所編輯的詩選本，舒展他的詩法、詩心、詩境。好詩所含蘊的「美」、「思」、「力」，不是一直這樣撥動著我們的心弦？從雎鳩「關關」、「間關」的第一聲鳥鳴開始，「在根本沒有所謂天使的風中，海，藍給它自己看」的無止境的空間，顫震著。

聚繖花序是主從分明的情意規矩

《聚繖花序》是一本值得珍惜的書，尤其是在了解什麼是「聚繖花序」之後。一般人向瘂弦先生致敬，循著他的詩集，讚嘆他的靈魂之純，所有愛詩的人都會集中焦點在他那唯一的《瘂弦詩集》定本，這是最重要的一條主幹道，像極了中部的臺灣大道，那麼容易深入人生的曲巷小弄，青春期嬉鬧過，初老時還要仔細履勘一番。當然也有求知若渴的人，循著另一條有如臺北的市民大道，向左碰碰，有些鏗鏘，向右探探，有些宏亮，那是他浪流天地時，年輕的手抄本發展出來的《中國新詩研究》（洪範，一九八一），可以彌補五四時代與一九四九之間的縫隙，中國陸塊與臺灣海島之間的鴻溝。不過，我總覺得那是民國初年的花香，帶點兒煙硝味；那終究是五四詩人的靈魂，通過瘂弦低沉的咽喉。

我個人喜歡的是，清過喉嚨的河南梆子的聲音，真正瘂弦的肺腑觀點，真正的一得之妙，那是《聚繖花序》兩大叢的繽紛。

《聚繖花序》分上下兩大冊，所以說這兩大叢繽紛是一座迷人的花園，瘂弦詩以外的另一個春天！

花序，原是說著花梗上的一叢花順著固定的排列方式，依次成長、綻放時，所形成的一種植物的秩序美。花序可以分為：無限花序和有限花序，無限花序在單軸上展現，又稱單軸花序，而且無法預期何時開齊全部的花朵，所以又稱為開放花序。無限花序的花苞會在頂端不斷長出，卻都是在等待側花形成，花序主軸隨著花的次第綻放，陸續向頂部伸長，尾端花卻永遠不會成形，花序永遠處在進行式中，開放的無限生機一直在未來招手。這樣的花序排列法，可以有八種基型加以變化，這八種基型是：總狀花序、繖房花序、繖型花序、頭狀花序、隱頭花序、穗狀花序、柔荑花序、肉穗花序，花序的美名以及她們所綻啟的群聚方式，都有令人讚賞的地方，但瘂弦沒有取用為書名。

瘂弦取用的是有限花序的「聚繖花序」。花序從最內或者說中央的一朵花先開啟，然後漸漸及於兩側。展開一種精緻或內斂的秩序，一種君子成人之美的倫理，一種規矩、模式，或者天道。可以單純的單一聚繖，也可以複雜的複合聚繖，花序更可以模仿蠍尾、模仿鐮狀、模仿扇形，還可以隨意模仿螺旋，變換著不同型態的美。即使是取用花序這麼美的書名，瘂弦自有瘂弦的仁厚宅心。你看，「繖」，原來就是蔽雨、遮陽的「傘」，其義同乎文言文的「蓋」，即使是無限花序裡也有繖房花序、繖型花序，但瘂弦要的卻是有機的、有規則的、能散能聚的，那種潛藏的組織力。

凡人讚嘆散蓋有條有理的秩序美，體會著慢條斯理的花開的時間感，哲人卻聚焦在「聚」的那個「點」，畫龍點睛的那個「睛」。

「聚繖花序」，你所不能不重視的，是這個「聚」。

序，文體上自古侷限在「說明著作旨趣」，瘂弦的序跋文章卻開出令人驚羡的、變換的、聚繖之美。

詩人瘂弦的《聚繖花序》以詩之序為主，原不足為奇；有散文評論、有小說觀點、有藝術論述，也不足為奇；奇的是周腓力、何瑞元的散文，一般文學論述、碩博士論文，罕見引以為論述客體的，卻都在他的觀照之列。他還能從衣若芬的極短篇談到小說的新地平線，以金士傑為例談表演藝術家的涵養。可以說：

這世界有多廣，痖弦的文學胸襟就有多開闊。

這乾坤的坤有多深，痖弦的礦藏量就有多豐厚！

《聚繖花序》，可看的不止是單歧、二歧、多歧的花，不止是有限的、有散有聚的花序，植物的世界——更是這一趟人生我們應該踏入的萬千繽紛。

遠方的耶穌有遠方迷人的調調

六十老，七十耆之後，我還是想回到青春期嬉鬧過的旮旯，人生的曲巷小弄，民國五、六十年（民國此刻已經一一〇年了）我們真心背誦過的北方迷人的調調。

他自己說的，「有那麼一個人／他真的瘦得跟耶穌一樣」（〈序詩〉）。

我一直在琢磨，是「什麼」瘦得跟耶穌一樣？我確信不會是身材，詩人不會去計較身材的高度與寬度，那麼應該是生命本質的梳理，還是靈魂覺醒的敏銳？或者是以「草積不除」去感受眼前生意滿的那種寬慰，還是庵門可以虛掩，因為不能忽忘「世上苦人多」的那種焦慮？

「有那麼一個人／太陽落後就想這些」，我想，讀他的詩也會跟著想這些吧！也會想成為耶穌那麼一個人、瘂弦那麼一個人。

「嗩吶響起來了，主啊／放你的聲音在我們的聲帶裡」（〈春日〉）春與耶穌同在——耶穌在，春也在——讓我們喊出來的聲音跟你一樣，是春日的嗩吶啊！在瘂弦的詩中，民國四十六、四十七年的詩，「卷之一：野荸薺」、「卷之二：戰時」的詩，幾乎就是這種聲音，春的嗩吶是他眼前的青翠，耶穌則是他生命裡永遠平和的祈願與象徵，一直貫串著整部詩集。整部詩集八十八首詩（含〈序詩〉）裡有十八首直接呼喚耶穌、主啊、上帝、基督、神，或者說「一個垂在十字架上的憔悴的額頭」，十八首之外有些詩應用十字架、耶路撒冷、修女、復活節的意象，唯一的一首預言式的散文詩〈詩集的故事〉則說是「曾經被釘死在十字架上的猶太人」。這些，接近詩集四分之一的篇章都重複呼喚著耶穌！耶穌之外，瘂弦的詩意象其實是令人驚喜邂逅的，多變而少重複，若是，隱約在瘂弦內心深處的不安會是什麼？他一直重複呼喚著耶穌。

神孤零零的
坐在教堂的橄欖窗上

因為祭壇被牧師們占去了
——〈短歌集．神〉

耶穌從不到我們的廟裡來；秋天他走到寶塔的那一邊，聽見禪房裡的木魚聲，尼姑們的誦經聲，以及菩提樹喃喃的低吟，掉頭就到曠野裡去了。
——〈廟〉

耶穌不在教堂、祭壇，也不在我們的廟裡，更不在瘂弦詩中的現實裡。那麼確然，瘂弦的現實是宣統那年的風吹著、吹著的「那串紅玉米」，它就在屋簷下掛著，好像「整個北方的憂鬱／都掛在那兒」（〈紅玉米〉）。

在這首詩中，春與秋對比，嗩吶與紅玉米對比，鹽之白與豌豆花之白對比，生命的面貌與思考都在這樣的對比中憂鬱著，野荸薺與耶穌的想望都在這樣的對比中清晰。北方的憂鬱與遠方的光點一直明暗在瘂弦的詩裡。

然而，瘂弦詩中的現實裡，我們在嗎？

「吾等或將不致太輝煌亦未可知」（〈下午〉），當詩人如此多層次、多轉折，且自我審視與辯詰，當他忽然反身盯視著你，作為讀詩的吾等又將如何回應，回應瘂弦關乎生命的叩問？

遠洋的感覺是生命的不安與翹企

瘂弦詩集裡有兩首同名的詩〈遠洋感覺〉，一首放在「卷之三：無譜之歌」的第一首，寫於民國四十六年八月十四日；另一首放在「卷之八：二十五歲前作品集」，寫於同年八月十八日・呂宋島。兩首詩寫作的日期相差四天，後一首註明空間「呂宋島」。鄰近這兩首詩寫作日期的是：〈船中之鼠〉（八月十二日・北呂宋舟中）、〈死亡航行〉（八月十五日）。

呂宋島位在臺灣南方、中國南海之東、香港的西南方，以出生河南的瘂弦而言，離開大陸母土、行經呂宋菲律賓、靠岸臺灣的航程，其實不能算是「遠洋」，但因為對泥土的眷戀，感覺上真有一去不回、拔根離土的遠洋恐慌，所以定題為〈遠洋感覺〉。第一首〈遠洋感覺〉以「鐘擺。鞦韆。木馬。搖籃」的飄搖不定，模擬腦漿的流動、顛倒，象徵政局讓人暈眩。第二首〈遠洋感覺〉，寫故國的鷓啼已經轉悲、死去，聽不到春江花月夜，天氣燠熱好像赤道就束在地球腰間，難以「感覺到中國」。同樣是在遠洋上，〈船中之鼠〉與〈死亡航行〉，不論是藉著老鼠或人的角度，都在訴說風信雞鏽壞、暗礁隱藏、前程不明，顯現內心極度的不安，這時貫穿整部詩集的耶穌，或許都不如「鎮靜劑」來得好一點！

偶爾能在泥土上站那麼一會兒，瘂弦以〈水手．羅曼斯〉寫那種隱藏不住的戀愛的興奮感，慣用的詞彙、意象「用法蘭西鞋把春天狠狠地踩著」，重複的類句「今天晚上可要戀愛了／就是耶穌那老頭子也沒話可說了」，訴不盡的長程遠洋的不安，訴求的即使是短暫的泥土駐在，都有戀愛的滋味。

遠洋晃蕩，那是人類生命的波浪，船舷邊的我們，能翹企什麼？我們的靈魂在北方的憂鬱裡尋找春日流蘇，在遠洋的感覺中回望生命的北方。我們一直在瘂弦的詩中，嗩吶的聲帶裡。

二〇二一年五月四日　接近立夏日

原載於二〇二一年《生活潮Waves》藝文誌秋季號

輯四
人與仁的投契

跨界：新感覺派小說練習簿

輪廓：生命何許，我們都在度量

內雙溪、外雙溪，有多少人知道這內與外的區別，對於名號、數字、財富、權力或者婚姻，其實你我都所知有限，但是很多人自有一套標準在衡量這些價值，有時我們陷在這羅網裡，被牽引著、拉扯著而不自知。因為這羅網有時具體得像一幢大樓，巨大得讓人無所遁逃，有時卻又無形、透明、不易察覺。

時序往前推移吧！小草葉，二十歲的年紀，你會選擇在哪裡讓他看到你？還沒有捷運的年代，至少要轉三趟公車，從和平東路到士林再到外雙溪，只為等他從現代詩的迷障中脫身而出，只為了陪他感受蘇州似的山的皺褶、水的曲折，陪他走那麼一段江南水岸，彷彿你就是那水岸邊沙洲上的一叢芃芃草葉，要讓他一步一步看見你在風中的搖曳之姿，聽聽水與草如何對話。

那時，你心中會有權力、婚姻的牢籠嗎？會有家的壓力嗎？

沒有，不會。

一種單純的盼望，一種單純的喜悅。

一種在山與水之間可以自在呼吸的美的體驗罷了！

有時會有芝草、有時會有蕙根陪著你來，彷彿《離騷》裡的君子、美人，總有香草、美玉相伴。

那時，你從沒有想過兩三小時的車程與二十分鐘的對話，那價值如何平衡？

那時臨溪街街口有一家無國界的咖啡館，只要你來，他總是點一壺「滴露咖啡」，看咖啡從固態、粉末，被沸騰為液態加熱烈的香氣，再轉凝為純黑的咖啡，那種純而醇的視覺意象，濃而香的嗅覺芬芳，或許才是度量生命深淺的憑藉。

十年，二十年過去了，誰還會以這樣的美感衡量生命？那無形、透明、不易察覺卻巨大無比的羅網，十年，二十年，恢恢且不漏地罩住他和你嗎？

草圖：你夢著你一直夢著的夢

當他天秤著天秤座的天秤，不曾想過他會孤獨著獅子座的孤獨。
因為篤定著你的篤定，他苦著你曾經苦過的千百倍的苦。
他放下所有可以放下的重擔，卻不知道你早夢著你一直夢著的夢。

大漢溪仍然流著大漢溪的水，淡水河卻已來到不再淡著淡水河的淡。
月亮亮著月亮的亮，下凡的文曲星假裝煩著國事的煩、天下事的煩。
那就讓小草葉小著自己的小吧！老公公篤定老著自己的老。

誓著信守的誓約，誰會誓著信著守著？
太陽仍會發著太陽的光，向日葵卻不再是向著日的那朵向日葵。
一切隨著風而去吧！颯颯而去的是這個太陽還是另一個太陽？

素描：當時明月在

很多很多年以後，有一些歷史舊跡會在我們的腳下匆匆而過，但誰會記得這一幕的精粹或那一幕的潦潦呢？有些陳年往事則從頭頂飛逝，成為這一朵雲或另一抹遠天的晚霞，勾引著記憶。有一些，最不幸成為過眼煙雲，煙消了雲散了，任誰也喚不醒昔日的繁花盛景。

當篤定成為游移，當游移幻化為飄離，他在松林廢堡左右也不敢肯定自己所體會的人性是如如不動的山，曾經深信不疑的生命價值還能在某個刻度以上。

最後一次在愛的屋頂下，她拿出一個圓形的紙版茶葉罐，說：記得嗎？這是我們第一次去文山喝的包種茶，我一直保存著。

「邀月」，在貓空的山坳裡，依著山勢構築著不同的廂房，他們選了一個平整而獨立的包廂，選了當地最盛產的包種茶，條索狀，墨綠色，他雖不是茶道達人，總還能泡出黃中帶綠的琥珀色澤，讓幽雅的香氣清輕揚起，醇厚如他，濃韻似她，那一夜的包種茶，回甘力勁彷彿還可以在十六年後的舌間跳動，只是不免有些苦澀了。

包種茶是仿武夷岩茶的製法烘焙出來的安溪茶，最初這種茶葉的包裝法，是用兩張正方形福建毛邊紙，裡外相襯，撮放四兩茶葉，包成四方包，然後非常自豪地蓋上茶名及行號印章，這就是「包種」茶，包的是可以孕育生命能量、帶種的茶。泡了兩泡，生活裡的小趣味就在唇齒舌尖瑣瑣碎碎彈跳著，小草葉，那時他彷彿是清醒的茶葉，以她的唇齒舌尖彈跳著生活裡的小趣味。至於沒有泡完的茶葉，不用毛邊紙包成四方包，用新式圓形紙版茶葉罐盛裝回家。

回家的路上，嘴角舌尖還留著他的濃韻、她的醇厚，他將車停在另一個山坳，讓濃韻找到她的醇厚，讓風在溪谷裡飄香，當時，明月在。

當時的明月還在，包種的紙版茶葉圓罐還在，嘴角的濃韻也在，那游移、飄離的又是什麼呢？

二〇一二年十二月

原載於二〇二一年六月九日《中華日報・副刊》

無心有意處星光熠熠

心與白雲同

一九八八年我曾寫作現實的「與愛同住」，心靈的「與白雲同心」，那時，還是連接著青少年的年歲，嚮往著白雲的變換不居，來去無跡可尋，心中只想著「心與白雲同」。

幾多年前曾去到獅頭山風景區，也不記得哪一座宮廟的紫陽門，門楣上有精緻的石雕聯：

「塵外不相關，幾閱桑田幾滄海；
胸中無所得，半是青山半白雲。」

特別喜歡後面那句「胸中無所得，半是青山半白雲」，有一種無所得的謙虛，卻也有心中半是青山半白雲，胸懷天地的純淨意。後來去了大陸，曾看到有了變化的下聯「胸中無所碍，半是青松半白雲」，喜的是：滿眼青山變成了滿山青松，心境更是輕鬆，還可以隨意坐下來，松下聽濤，幾近禪境。更令人驚喜的是：「胸中無所得」變成「胸中無所碍」，依借代法來說，「無所得」竟然可以是「無所碍」，這樣的修持境界才是我心中綿綿有勁的觸動——「無所得，有所碍嗎？」我喜歡這樣問自己。

其實，精緻的石雕聯上聯：「塵外不相關，幾閱桑田幾滄海」，我也曾問過朋友：我們有多少人幾閱桑田幾滄海，短短數十年曾經如此多次大起大落？朋友望了望石雕聯上的書法，他說：也許應該念做「幾（ㄐㄧˇ）閱桑田幾（ㄐㄧ）滄海」，幾（ㄐㄧ）是幾乎、幾近。人生中有那麼幾次經歷桑田幾乎變成滄海，或許就該領悟塵外不相關吧！不要讓自己歷盡滄桑了，還祈求自己仍是一美人。

至於白雲，我們都熟知《菜根譚》的「寵辱不驚，閒看庭前花開花落；去留無意，漫隨天外雲卷雲舒」，雖然比起原句「寵辱不驚，看庭前花開花落；去留無意，望天空雲卷雲舒」多了一個「閒」字、一個「漫」字，更多的卻是一分悠閒、隨興、漫不經心，不過，終究還是人望雲、人隨雲而卷而舒，那最根本的、最初的白雲心，還需探尋。

曾經我們漫隨更遠的天外、天外的雲，且卷且舒，學會了可以去、可以留，鎮定了自己，不驚辱、不驚寵，其實，我更想問天上的雲、天外的雲，那最根本、最初的、屬於你的白雲心，到底是什麼？

白雲心．無憂

一九八八後二十八年的九月，在三萬九千英呎的雲端，從香港飛回臺灣的那一個小時，我看著介紹京都清水寺的影片，談及一塊書寫著「白雲心」的匾額，內心無端起了大波瀾，二十八年前嚮往的「與白雲同心」，自以為相似、相近、相隨、相同於「白雲心」，我質問自己我真的覺知了嗎？那「白雲心」。

就在三萬九千英呎的雲端，我陷入了沉思。

白雲有著什麼樣的心？

望著窗外時厚時薄的那一片、或近或遠的那一團，我的心如何或疏或密、時厚時薄，猶能悠悠然？

白雲心．無記

探探機窗口，青山青海有時看得見有時看不見，不同的時空、不同的角度，會有不同的形貌，但我們知道青山依舊在，青海還是青海；東山依舊在，東海還是東海。他們都在他們應該在的所在。

白雲呢？或近或遠，或隱或顯，卻是每一秒都在改變她的行跡，每一秒都有不同的樣貌，我常想，白雲是自我的書寫者，同時也是自己的橡皮擦，隨著風或不隨著風，依著水氣或不那麼依著水氣，總是不刻不記，幻變著自己，甚至於可能消了形、匿了影、沒了痕跡。這就是白雲哪！

白雲不必記自己曾經的軌跡，不必記自己胖瘦的身影，不必記昨天的責任、祖先的包袱，不必掛記與風與水永恆或不永恆的情誼。這就是白雲啊！

白雲心．無礙

天的前面要加一個形容詞，涵義不變，通常選青天、蒼天、昊天，那是遙遠的距離才可能形成的色感。如果要換另一個詞，通常也加雲為雲天、白雲天，那是長久的陪伴才有的信賴。

飛機有飛得到或飛不到的地方如南非、東歐或極地，天總是以無盡的空間縱任雲飛翔，雲不知道邊界有何禁忌，從來不知道極限是什麼意義，她可以肆力擴張自己的版圖，牽引自己無形的筋脈，她可以厚積為滿天烏雲，可以薄發為情人心中的一片彩霞。

六合之內，白雲不論不議；六合之外，白雲不論也不存。高懸時多，低飛也適意，所以可以無敵也無礙。

白雲心．無心

「雲無心以出岫，鳥倦飛而知返。」鳥，身體知道倦了，所以飛返。陶淵明是藉著鳥的「有身」，去點明雲因為「無心」而能隨時出岫吧！

或許，無心真是白雲心。或許，京都清水寺書寫「白雲心」的出家人也是出岫的雲。

此刻，白露之次日，全臺出現高積雲，大家都在讚嘆：全藍的天，滿布的點狀雲，好像草間彌生的畫，有著高療癒的作用！她們都從哪裡出岫呢？

雲既是無心，我們就以無心之心欣賞滿天的高積雲吧！

三心：心楓、心簡、心宇

第一次前往馬尼拉是跟一群前輩詩人同行，洛夫、張默、管管、白萩等等，我是唯一的中生代詩人、最後一場的演講者。那天下午，最後一場的我的演講完畢，晚上就是歡送宴，晚宴上認了三個乾女兒，她們是當地的華裔文學創作者，「緝熙雅集」的成員，因為感情特好，取了相近的筆名：心楓、心簡、心宇。當晚，父女四人匆匆只講了一些話，第二天我就隨團飛往香港、轉回臺灣。從此，臺北的乾爹、菲律賓的乾女兒相聚少離別多，靠著往來於兩國之間的文友轉交信件與禮物，流通訊息。

一九八八年第二次前往菲律賓，只有中生代詩人羅青與我，旅伴單純，年紀彷彿，羅青宣揚他的後現代主義，我可以有悠閒的心情欣賞馬尼拉灣落日，寫作後現代詩。其中的一個晚上，菲華詩人朋友安排我們去到馬尼拉南方五十六公里的大雅臺（Tagaytay）度假，海拔六百公尺的臺地，不算高，但是可以欣賞世界最小的活火山——塔爾火山（Taal Volcano），以及環繞著火山的火山湖塔爾湖（Taal Lake），是與碧瑤可以齊名的避暑勝地。

這個晚上是我們父女四人相聚最久、藝文氣息最濃的一個晚上，我幾乎都忘了塔爾是怎樣的山中有湖、湖中有山、山中有火，只記得我們圍繞著談興極濃的羅青，聽他說經眼的五湖四海，幻化的胸中的千巖萬壑，興致一來，羅青攤開紙筆，隨意揮灑，寫了不少字，留下幾張寫意畫。最後是三個乾女兒中心思簡淨單純的心簡（柳佳林）要求，可以為她們寫一張字嗎？羅青再度問清楚她們的筆名由來、與我認識的因緣際會，說了一個「好」字，即席揮毫，寫下：「無心」二字。

佳林急了，抬頭望我，嘴裡問羅青：為什麼？

羅青說：還有兩個字。蘸了蘸墨，羅青完成了這幅字：「無心有意」。

大家緊繃的心因此鬆放了！

喜歡戲謔而又充滿機智的羅青，因為她們筆名中共有的心字，寫下讓人驚疑的「無心」，卻又急轉為「有意」，一落，一提，這其中的迴旋處另有禪機，值得深思。不過，當時在座的我們，心裡或許只想著：我們是毫無心機，卻有深情厚意的誼父義女吧！

無心有意處

儒釋道三家的思想，釋與道有極多可以會通的地方，我特別喜歡道家與禪學的「無心」二字，不刻意，不設計，毫無城府、真誠相待，有時還跟學生強調：寧願欣賞無心的過錯，也不會讚賞有心的善行。每次看到電視上有人捐個十萬、二十萬，總要將手機大小的支票，放大為需要兩人高舉的紙板，心中總覺得好笑。

不過，「無心」二字的釋義上，孔子曾說過「毋意、毋必，毋固、毋我」四個詞語，如果將這四個詞語用來寬大解說「無心」二字，會通之處，不可說不多，不是嗎？不要臆測，不要武斷，不要固執，不要唯我獨是，不就是「無心」嗎？

「無心有意」，有與無相對，大家可以分辨。心與意相近，我們卻容易在其中模糊了界線。其實，心是意之所出，所有的好意、壞意、恩怨情仇，都從心而來，所以不要刻意去助長，或者故意去壓抑。《金剛經》上說：「應無所住而生其心」，正解如何，我們不是修行人無意辯證，但如果以「無心有意」去闡述，卻有若合符節的可能，「無心」是「心無所住」，「有意」卻是「意有所出」，無所偏、無所執，然後才能像詩一樣有著無限的可能。

那一年，羅青在大雅臺寫下「無心有意」四字，他是無心的呢？還是有意？無心說法，還是有意辯證，我們無從確知。但是如果將「有、無、心、意」四個字重新排列組合為「無心無意」、「無心有意」、「有心無意」、「有心有意」，你會將哪個詞語列為最喜歡，將哪種人列為最不喜歡呢？

那一年，羅青寫下「無心有意」四字，將近三十年了，當時在座的我們都還記得嗎？心宇已移民天國，羅青正雲遊四海，已經不容易察問了。前兩天我透過WeChat問柳佳林，這是哪一年的事，她說她去翻尋羅青的畫，寫的是戊辰年，我說那就是龍年，她馬上說那是一九八八年。我問她記得「無心有意」嗎？她說她記得羅青叔叔寫了「三心兩意」，三心自是她們三人，兩意則是「緝熙雅集」的另外兩位成員一匡、一樂。是不是我們心中各有屬意，義父女因而有著不同的記憶？

柳佳林還問：「怎麼忽然想起？看到滿天星光？」我知道她想起的是大雅臺滿天的星光，浪漫的女孩還保有那份美好哩！

無心有意處，她的本體與現象，她的交接細緻的地方，還真是有著異樣的星光。

二〇一五年九月一日——九日

寫於明道大學蠡澤湖畔

原載於《中華日報．副刊》

德語課札記

一、大衛．希爾伯特

在德語課上，蔣（家唐）老師要我們為自己取個德國名字，我選了David Hilbert。真正的David Hilbert（大衛．希爾伯特，一八六二—一九四三）是德國籍的數學家，我選擇這個名字作為自己德語課堂上的名字，有三個理由。

第一個是沒來由的理由，「希爾伯特」念起來就是好聽，望（中）文生義，還有稀少罕見的感覺，稀少罕見卻又能領先特出，不就是中文的「希爾伯特」；當然，「希爾伯特」也可以有「希望你領先特出」的自我期許。不過，這是中文沙文主義者一廂情願的想法，說不定在德文的原意上，它是山林、沼澤，或者星空哩！

第二個理由，是我故意避開文學家的結果，文學家的大名會對我形成壓力，譬如里爾克，我一取這個名字，不知道會有多少朋友用里爾克的高度看我，多少敵人會因為這名字藉機訕笑我，我避開了。其次，選擇數學家的名字，說不定還有缺什麼補什麼的期待效應可以出現，我的數學級度離仕女名牌皮包甚遠，會不會因為同學常常喊我「希爾伯特」，點化我的數學細胞因而靈活？

生日許願通常第三個願望可以不說出來，但在老師面前，我還是說了吧！挑選德國人姓名時，我還注意不選當代人，而且注意是一九四七年以前過世的人，會不會我可能真的是一九四三年離開德國的「希爾伯特」乘風再來？否則，我與德語如何會有這段因緣？

希爾伯特，不管是乘風或是踏浪而來，都期望自己、祝福老師同學，在德語課上「希爾伯特」！

二、讀聖賢書所學何事？

二月二十二日第一次上德語課，老師一直強調：大家都從零開始，放下身分、名位，從純然的空白開始，這些話讓我放下心中的大石頭。

接著老師說：同學們談談自己的外語學習經驗吧！很多人提到被責罰的慘痛經驗，也有同學提及聽外語頻道、自修成功的例子。我說我是臺灣英語教育失敗的活教材、壞榜樣。

我的中學英語課幾乎都在偷看古典小說，《西遊記》、《四遊記》、《二十年目睹之怪現狀》等等……英語課，我用來增強國學實力。

有一次還被老師抓到，英語老師借用文天祥的話（多有國學根柢）說我：

「讀聖賢書，所學何事？」

我以為老師要我背出後面的句子，很自然的接口：

「而今而後，庶幾無愧。」

結果，老師生氣了，小說被沒收，英語沒讀好。小說被沒收，我繳了圖書館的罰款，英語沒讀好，一輩子囁嚅在友朋的背後。

讀聖賢書，所學何事？後來自己想想，不就是凝神專注做好眼前這件事，讀英語時專心讀英語，上數學課時專心上數學，吃飯時專心吃飯，睡覺時專心睡覺。專心睡覺，才會進入黑甜鄉，專心吃飯，才可以吃出菜根香。

幾十歲學德語，恐怕不能再像十七歲那樣任性了。

真能如此，或許才可能而今而後，庶幾無愧於文天祥。

三、天使在細節裡微笑

這幾天重看自己的上課筆記，回憶上課的情景，有些發音可以即時喚回，有些需要幾度轉折。

語言的學習無不從打招呼開始，Helloˊ，英語、美語都是快樂的上揚音，德語卻是Halloˋ，老師說了，德國民族性穩重，即使是打招呼的語音，往往是下抑、低沉。而且，「a」的發音永遠是「ㄚˋ」，不會變成「e」「ei」「a」讓人困擾。

所以，英語的日安Good day，德語就要發出很重很重的Guten Tag。那種重，或許真是英語的「d」與「t」的距離。

英語的Good day → 德語的Guten Tag.

英語的Good morning → 德語的Guten Morgen.

英語的Good afternoon → 德語的Guten Abend.

打過招呼後，就要相互請教「尊姓大名」，這裡，我卡住了。筆記上寫的是：

Wie heißen Sie?　尊姓大名?

可是怎麼唸都唸不出上課時的感覺。後來發現：我在Wie的旁邊寫著（Vie），改發Vie的音，那感覺就有些彷彿了。仔細看，我還在heißen旁邊註明ß = ss，heissen的音一發，那天同學一再演練的場景依稀回到眼前。有了這兩個小細節，我知道筆記應該這樣寫：

Wie heißen Sie?　Vie heissen Sie?　尊姓大名？

這樣的天使，未來的日子老師會一再一再釋出，我可得好好請她住進我的筆記裡。

四、家有一老，如有一少

這週的德語課，我們真的陷入了德語名詞陰性、陽性的發現與辨識裡。教授、學生，分男女，各有自己的字詞，這容易了解。幾乎所有的動物都可以分公母、分雌雄，物件分陰面陽面，天體也分乾坤，中文世界裡我們都熟知。但是，桌子呢？德語課裡在桌子的前面會有一個性別分辨的詞：陽性的der，陰性的die，中性的das，這一班德語課的同學都很好奇，為什麼桌子是陰性的？

那椅子呢？

不管多大的年紀，一進入課堂，那好奇的心就被激發出來了，不論是誰都會成為好奇寶寶。

一向在會議裡只管致詞訓勉的校長先生也發問了：為什麼標題的酒吧是die Bar，到了內文卻成為der Bar?我也有這樣的疑惑，只是畏怯的我將問題放在心中，校長替我們提出了。一張桌子、一間酒吧的性別，屬陰？屬陽？七嘴八舌，我們可能會討論到七葷八素，課堂裡，這一群教授級的好奇少男（陽性）、少女（陰性）、少年（中性），都被老師激發出好奇心了。

學習，或許就需要這種少年的好奇心。

課堂中老師還請來神祕貴賓，來自德國的語言學家，仔細一看卻又是我們過去的英語系同仁，Professor是德國籍教授，Professorin是臺灣籍同胞，他們送每位同學一份月曆，德國籍教授看月曆說德國民俗，教不同月分的德語發音，問每個人的生日，以剛教的德語發音回答，緊張又刺激。更重要的是，講到德國的春天，一樣驚蟄春分，一樣清明踏青，找兔子，吃巧克力，轉身就拿出一桶從德國帶來的巧克力，分享大家。課堂裡的同學一下子又回復到青春少年的活力，我要，我還要，暫時忘記血糖的高低。

老師激起了我們好奇、求知的少年心。

這時我想起頭一次上課時，老師PPT的標題就是「銀髮及網路世代外語學習之認知心理學」（The Cognitive Psychology Foreign-Language-Learning of Middle-Aged 3C Utiliger），老師的理念是這樣不著痕跡在實踐。

五、中文世界的性別學

這一週的德語課功課是把學過的名詞，依陰性（die）、陽性（der）、中性（das）加以分類，老師要我們思考德國人的思維，這其中會有多少原則，原則之下又會有多少例外？

中文世界是有性別的觀念詞，相互對舉：男女、公母、雌雄、陰陽、牝牡等等，有人笑說，從這些詞看來，先男後女的對舉詞與先陰後陽相比，比數相近，因此認為中文世界早有男女平等的觀念，我從詞語結合的聲音搭配來看，純粹是為了聲韻協和而已，倒也不必過度想像。

不過，這是動物世界（包含人類）的雌雄對舉，植物界顯然就簡化許多，剩下雌蕊、雄蕊之分而已，頂多是對於那些不結果的果樹，我們會嘲笑它是「公的」，此外，好像就沒有雌雄之分了，聽過有人在分辨龍眼與鳳梨誰是雌的、誰是雄的嗎？蘋果呢？咬過一口的蘋果呢？不是男男女女都喜歡？

生物界如此，器物類也一樣少有陰陽之別，或許會有人提到河洛話的「碗公」（大碗），是不是就是公與母之分？其實，這裡的「碗公」之「公」應該是與「孫」相對舉，大小容量的區隔吧！至於「公筷母匙」，那誤會更大了！原來只有「公筷」而已，是指「公眾同用的筷子」，用來區別於個人私用的筷子，衛生觀念的提醒，本來就不是性別的辨識。不過，既有「公筷」，對於公眾同用的湯匙就沿稱為「母匙」，倒是有點性別對舉的作用在。

至於天體，太陽稱為「太陽公公」，月亮柔美稱為「月娘」，那是兒童世界的人倫攀附，跟螢火蟲的「火金姑」一樣，一樣為了親切。

這是中文世界相當簡略的性別區隔背景，以這樣的文化認識，我戰戰兢兢準備進入德語die、der、das的性別學世界。

六、德語世界的性別學

遲遲不敢進入德語定冠詞關於陰性、陽性、中性的辨識，要從幾次德語課認識的有限名詞去觸摸另一種龐大的文化思維，真的是一種冒險，不過，學習的過程就是一種少年冒險的奇幻旅程，不跋山涉水，不進入叢林沙漠，不出海，哪叫冒險？

德語世界的性別學，梗阻在我面前的兩大障礙，其一是我的中文世界不重視語文裡的性別區分，如「妳」、「她」，都是後起的，是我正在學習語文的過程裡才冒出來的。古書第二人稱直到清朝末年都是男女不分的「爾」、「汝」，複數「爾曹」、「爾輩」、「爾等」、「汝曹」、「汝輩」、「汝等」等等，改變的不是性別的區分，卻是後面接續的文字不對等的變易。有沒有可能，因為我們的文化壓根兒不重視性別的區分，所以我們的語言也忽略了？可是，我們學的又是夫婦倫理，嚴分內外？印象深刻的是，當年學唱劉半農的「叫我如何不想她」，還有老師調侃：他就他，哪來的「她」。

梗阻在我面前的另一障礙是青少年時迷戀德裔奧地利心理學家佛洛伊德（Sigmund Freud, 1856-1939），最喜歡看他的《夢的解析》，說是一本理解潛意識心理過程的最佳捷徑，從他那兒我們接受了「夢是一種在現實中實現不了的、或受壓抑的願望的滿足」，尤其是他斷言這些實現不了和受壓抑的願望多半是和「性」有關的。所以，我們試著為友朋解夢時，凡是突起的、高聳的、棍棒類的、具侵略性質的，都是陽性的象徵；退縮的、容器型的、具包容性的，則是陰性。這樣的念頭也已深入我的腦海。可是，面對德語課裡蒐集的陰性定冠詞，我卻徹底被打敗了！

德語陰性定冠詞，包含「杯子」，也包含「叉子」，有「包包」（Tasche），也有「檯燈」（Lampe），黑板、酒吧、菜單，都在其中，桌子、電腦、螢幕，卻是陽性。連「螢幕」（der Fernseher）也要分陰陽？肯定我還沒有辦法進入定冠詞的德語世界！

七、德語的數字天地

林子祥有一首粵語歌，一開始就是一串數字，不懂粵語的人只能欣賞它的旋律。這一次的德語課也在數字中翻滾，一開始老師要大家在自己的紙上寫出手機號碼、身分證字號，從這兩組數字裡，老師翻新教學，我們進入德語的數字天地。

以前讀過思果的散文〈數字人生〉，覺得有些誇張，如今的現實生活卻一切都應驗了，這人生果真是數字的天下。

看醫師要先提供身分證字號，醫師不是為了要辨識字號開頭的A是臺北人，N是彰化人，決定給藥的品類或劑量，他只是要從電腦檔案中叫出「你」，你是一個數字，滿長的一個數字。看過醫師，護士列印出藥方，叫了你的名字，她還是要你報出另一組數字，生年月日，確定你真是「你」。我擔心，會不會有人一急，報出心中那人的生日。

急的不只是學生，老師也急，急著要怎麼教才能教會這群慢的慢、拙的拙、快的快、穎的穎的不同類型學生。

第二天的社團臉書，老師鋪出了一個字，好長的字：

Neunzehnhundertneunundneunzig

還說：「嗯，這些長長的數字，昨晚纏了我一晚上。今天抽時間確認……看出來了嗎？」

快的快、穎的穎，施副在三個小時後顯示「一九九九」，老師給予「一百分」。那慢的、拙的我還在找尋哪些是九，哪個是千？

其時，我還在十九與九十中辨識，還不敢進入七七七、八八八的幸運碼。好在，學校的會計督導交給了施副，如果交給我……

回到現實吧！今天要搭十點整的高鐵，早老師一班車到學校，上四節德語課，然後趕回臺北，準備明天的行裝、行程：凌晨五點半的計程車、六點半長榮櫃檯報到、八點四十五分的班機到廈門，再搭……我的現實數字真是一大串啊！

八、語言文化與人生態度

剛剛參加過秭歸的端午詩會、萬古寺村兩岸屈家後裔祭屈原的儀式，緊接著籌辦學校能人古琴課堂的啟用、祝賀十六級畢業生起飛翱翔要能不同凡響，都在這兩週內完成，同時，我自己的十八週德語學習即將結束，如果今天及時檢驗我的成績，我想一定不盡理想，因為我學到的不只是德語的運用，而是老師教學的態度、人生的態度，我還要在學習的路上走相同的路。

十二生肖我所屬的生肖是豬，「我是豬」這話一說一定會逗樂許多人，但我不在意「我是豬」的玩笑，我在意的是我是豬一樣的學習，囫圇吞棗。我知道從老師這裡我學會的是牛的反芻：第一份講義在最後的一堂課還有引用的價值，第二份教材不僅關係著前後的課程，還呼應著文法，這種講義關聯性的設計與編輯，如果不是一再反芻，老師一再反芻思索、我們一再反芻學習，豈能體會得出？老師教我們將「悅聽」德語，把它當作日常生活的一部分，散步、坐高鐵、做家事都在適應德語的環境，都像牛一樣反芻，這樣的提議都是從牛胃中悟得的學習契機。今後，如果還有人問我十二生肖屬什麼，我還是會快樂的回答「我是豬」讓別人快樂，但我心中清楚我是會反芻的快樂豬。

學德語的上課氛圍是快樂的，就像在家庭裡跟母親、跟家人生活對話一樣，七十歲的我不是院長的身分，是小時候祖母呼喚的「阿順子」，瑞松主任是他演過的戲中主角「梁山伯」。所有最初的母語學習，都是從家庭中來，老師營造了這種家庭式的學習環境，而這種快樂學習的環境，不也是所有學習的基礎，所有教學的藝術嗎？

要結業了，但我知道我會繼續反芻，我會是繼續反芻的快樂的豬。

二〇一六年三月四日——六月十九日
寫於明道大學開悟大樓一〇三之一室
原載於《中華日報・副刊》

詩的大提琴裡不可或缺的低音

——懷念辛鬱

一、他所招來的那些落塵不該只是落塵

沒有人願意冷著一張臉。但詩人辛鬱（宓世森，一九三三—二〇一五）卻被稱為「冷公」，甚至於，他自己也寫了一本類似自傳、自剖的書《在那張冷臉背後》（爾雅，一九九五），從未諱言那個「冷」字。或許因為辛鬱那張冷臉是時代的投影吧！

我一向內向、卑怯，但第一次接近辛鬱那張冷臉，並未退縮，我知道就要有那種冷峻的眼、冷靜的腦，才可能成就詩的睿智。或許，自幼看習慣了，出生以來第一個我看見的男人——爸爸，一樣有著一張那樣威嚴的臉，不苟言，不苟笑，但一言、一笑（有時還是冰過的一言、一笑），卻又讓人忍俊不住，船搖海動起來。

接近那張冷臉，應該就在「順興茶館」似的茶館，最有可能的地方是國軍文藝活動中心二樓：「坐落在中華路一側／這茶館的三十個座位／一個挨一個／不知道寂寞何物」。

「而他是知道的」。

多孤單的一行。

老兵知道老兵的寂寞，辛鬱也知道那群老兵的寂寞，因為他就是那三十個座位上的一員。

那時，一九六五年，從寧靜的鄉村初到都城，單純的大學生的我，在那樣的場域裡遇到那群老兵個別的寂寞、集體的辛酸。

準十時他來報到
坐在靠邊的硬木椅上
濃濃的龍井一杯
卻難解昨夜酒意

醬油瓜子落花生
外加長壽兩包
——他是知道的
這就是他的一切

但軍曹辛鬱心中清楚，這不是他的一切。

不　尚有那少年豪情
溢出在霜壓風欺的臉上
偶或橫眉為劍
一聲厲叱　招來些落塵

我熟悉辛鬱溢出在霜壓風欺的冷臉上的少年豪情，有一大部分是他興致勃勃所宣稱的「十月出版社」的出版理想，更大的板塊是他所交往的「中國現代版畫會」、「東方畫會」陳庭詩、李錫奇、朱為白、吳昊、秦松、楚戈，所共同喚醒的現代藝術季，另一色調冷清的是他所策畫發行、與友人創辦的《科學月刊》，任《人與社會》、《國中生月刊》等刊物的主編、總編輯、顧問，堅持數十年卻少為詩壇友人所重視。這樣的豪情是他生命裡的炭，不斷燃燒的熱誠。冷臉辛鬱的詩就是這種熱的人道溫情的宣達，是來自冷靜的多元觀察、跨界省思所昇華的作品，應該不是他的同輩詩人所曾穿越的生命歷程。

辛鬱的少年豪情，霜所不能壓、風所不能欺的是，他隨興的小調。詩壇小聚，必不可少：管管的山東朗聲爽呼，辛鬱的江浙民間吟唱。我們小輩不知道辛鬱到底會多少歌謠，總是隨口就是新曲，即興都能成調，那旋律，彷彿與他的生命相聯繫，不呼即來，揮之合樂。回頭誦讀他的詩，更會察覺那清幽的音樂性，不是他同輩的詩人所共有。我曾在他隨興唱誦時，偷偷問我景美女中的同事、音樂老師張孝惠，這樣的旋律合乎樂曲學的要求嗎？她笑一笑說，好聽就好。不是嗎？來自天賦、來自本能的韻律，連學院中受過正統音樂教養的老師也折服。

臺北市中華路上的八棟中華商場已經消失了，順興茶館已不復見，但這首寫盡苦難時代獨身老兵的永恆寂寞，卻永遠留下來了，「寂寞是／時過午夜／這茶館的三十個座位／一個挨一個」的深沉寂寞意象，老兵起身離去的孤獨身影，因為這首詩，永遠留在我們的腦海中，顫動。

只是，那讓人懷念的雋永小調，那偶爾橫眉為劍、揮手一指夾雜著厲叱的正義之聲，卻也不能不隨著時間老人走了，他所曾招來的那些落塵，在文學史上卻不該讓它只是落塵而已！

二、詩的大提琴裡不可或缺的一個低音

辛鬱，似乎是以筆名中的「鬱」字去呼應學名的「森」，鬱鬱森森，從此詩、散文、小說枝繁葉茂，創作豐盛，但也因為鬱鬱森森，辛鬱這一生似乎就以「冷」字定型，以「低」音定調。他「給自己畫像」，畫的就是〈在那張冷臉背後〉。

詩壇上幾位前輩詩人情義深篤，交往甚密，早年各以一字自我解嘲，相互調侃為「公」，商禽（一九三〇—二〇一〇）選擇了「歪」字，楚戈（一九三一—二〇一一）以溫吞有名，自謂「溫公」，辛鬱有著一張冷冷的臉，戲稱自己為「冷公」，從此「冷」字為他定了型，這首〈在那張冷臉背後〉的自我畫像，不就是以冷臉作為最主要的Logo？詩篇最後，他「將自己／定調為大提琴的／一個低音」，而且詩中反覆述說的就是「似乎什麼事情也沒發生」、「似乎沒有什麼事情發生」。冷處理，低調，成了我們認識的辛鬱的行事準則。甚至於他的〈六十自吟——給影子〉也提到，當別人以關

西大漢之姿，響著銅琵琶、鐵綽板，唱大江東去，他，即使蒼茫，仍然會用這低調的嗓門唱著「蓮花落」或「夜半無眠」。低音、低調，這就是我們認識的辛鬱。

低音、低調的辛鬱走了，我們記住的或許是那張冷臉，或許是那俏皮的江南小調，但我們之所以記住，卻是那張冷臉背後的熱，讓人心頭為之一熱的熱。

我讀大學的時代（一九六五—一九六九），就在中華路上「國軍文藝活動中心」的茶藝館認識了羊令野（一九二三—一九九四）以降的軍中詩人，其後曾經轉戰西門町地下室的「文藝沙龍」等處，談詩、談野史，談當日未到的夥伴糗事。辛鬱不算是健談的，但是總會在最緊要的關頭拋出冷冷的一兩句話，引來爆笑或沉思。後生晚輩的我，靜靜坐在角落，靜靜看著先覺演出，感覺自己最像辛鬱，不多話卻也不會無話，臉上一樣的冷、心頭一樣的熱。

心頭一樣的熱。前輩詩人只有辛鬱會跟我談出版的理想，那時他正主持一家「十月」出版社，眉飛色舞談他要出版的翻譯小說，談秦松、楚戈、李錫奇的畫，談果戈里（Gogol, 1819-1852）的諷刺、批判，後來我就業了，他更要談臺灣的科學教育、國中教育，辦雜誌的理想，不只是詩，不只是飄泊，他談人文涵養、基礎教育，從我是大學生開始，談到我成為中學教師、大學講座，那心頭的熱，其實一直傳導給我，感染著我。

讀研究所時，我在《現代文學》四十六期（一九七二年三月）讀到他的〈豹〉，我心頭一凜，這是辛鬱自己的寫照：

一匹
豹　在曠野盡頭
蹲著
不知為什麼

許多花　香
許多樹　綠
蒼穹開放
涵容一切

這曾嘯過
　掠食過的
豹　不知什麼是香著的花

或什麼是綠著的樹
不知為什麼的
蹲著 一匹豹
　蒼穹默默
花樹寂寂

曠野
消 失

辛鬱將豹置放在蒼穹默默、花樹寂寂的曠野之極，就是個性上一向的冷處理，那也是蒼穹開放、涵容一切的寬容胸懷的象徵，花香著他的香，樹綠著他的綠，作為冷冷觀看世局的辛鬱，像豹一樣，銳利的眼直直逼視著，雖然這世界不一定了解他。詩最後，「曠野消失」，我喜歡這四字所隱喻的自信，感覺那頭豹占據了整個詩的畫面，整個天地。男性詩人的動物隱喻，辛鬱的〈豹〉與紀弦（一九一三—二〇一三）的〈狼〉，那種沉穩冷靜的自信，不僅是他們個人人格的外鑠，也是現代詩界的一種堅毅能量的源發地，一種心頭的熱所冷凝出來的形象，這兩首詩同樣鼓舞著我們內在那股亟待爆發的詩的熱能，以及寫詩所需要的知性的冷處理。

辛鬱，詩的大提琴裡不可或缺的一個低音，在眾弦喧嘩的時代，沉沉滑過的那一聲低音，讓我們永遠記憶。

我相信遠行的辛鬱仍然像他〈寫給兒子的詩〉那樣，「備妥他的獵裝與手杖，看一莖髮的變色，再走它一程崎嶇的山路」，即使踽踽獨行，也在所不惜，這是一個現代詩先行者的典範，面對曠野，無視於綠樹香花，走他自己的崎嶇山路，或者只是在宇宙的某一個角落，冷冷注視著紅塵。

二〇一五年五月
寫於蠡澤湖畔
首節原載於二〇一五年五月《文訊》
全文原載於二〇二一年十月十一日《更生日報．副刊》

勁健是神
——懷余光中明道之行

尚未抵達詩的原鄉湖北秭歸，深入體會屈原苦心之前，我不會將余光中先生（一九二八—二〇一七）跟屈原聯想在一起。

民國四、五十年時（一九五九—一九六五），在員林讀中學，我們初初、淺淺結識現代詩，辨校刊，接觸課堂外的文學風光，與我一起全心投入詩認識、詩創作的同學黃榮村，那時曾努力寫作一篇小論文〈學者詩人余光中〉，一個員林鄉村的高中孩子，在閱讀不多的時代，已經嗅出了余光中的特質殊氣。

五十四年（一九六五）進入輔仁大學，現代詩正陷入「打翻鉛字架」的逆流裡，中文系的師長即使站在岸邊，也不會有人指點風向，分析水流，任由我們的小帆船在風中，顛，滯，在浪裡，漂，移，那時歷史系的新詩同好陳芳明，組織了一個名稱優雅得不得了的詩社「水晶」，瑩亮、剔透、水靈、活潑、光螢、晶白、雪意千里……幾乎你可以想到的美好，都含在水晶的光澤裡閃耀。在輔大校園、玄思道上、漢中街的芳山園閣樓，水晶一般的光澤、水晶一般的閃耀、水晶一般的青少年陳芳明，正經的言談，突然拋出的語句，都是：我要寫作《余光中評傳》。在我初初認識現代詩的一畝心田，中學、大學不同時期的兩位詩友同樣慎重地帶領我走向余光中，雅緻又放曠的抒情風。

此後的五十年，我一直在現代詩壇深深吐納，余光中的詩是漢語現代詩壇的陽光、空氣、花和水，我們日日浸淫其中而不自覺。

民國九十二年（二〇〇三）我進入明道大學執教，決意要從研究所畢業以後就拿到的講師資格，升等為助理教授，我以一年的時間寫成《臺灣新詩美學》（爾雅，二〇〇四），起手的第一篇就是「從儒家美學看余光中詩作的體現」，定題為〈臺灣新詩的入世精神〉，主旨就放在余光中的詩作與儒家美學特質的相互映現，重要的論題包含：

儒家美學的主體：有諸己之謂信

儒家美學的進階：盡美矣盡善也

儒家美學的移情：過者化存者神

儒家美學的極致：金聲而玉振之

全文近三萬字，都以余光中先生各期詩作為例。文中曾舉〈五行無阻〉說明余光中自我人格的要求、修治、磨礪和鼓舞。

即使你五路都設下了寨
金木水火土都閉上了關
城上插滿你黑色的戰旗
也阻攔不了我突破旗陣
那便是我披髮飛行的風遁
風裡有一首歌頌我的新生
　頌金德之堅貞
　頌木德之紛繁
　頌水德之溫婉
　頌火德之剛烈
　頌土德之渾然
唱新生的頌歌，風聲正洪
你不能阻我，死亡啊，你豈能阻我
回到光中，回到壯麗的光中

我從來虔誠信賴：現代詩人臨流鑑照生命，顯影自我，小的話可以裸裎個人內在生命的委曲，大者可以吐露藝術生命的共同奧祕，其實都是儒家美學期求完美人格的潛意識在作用；所以，詩人選取外物作為自我生命的寄託，甚或是自我生命的表徵，都是述志詩，都是儒家美學以不可分割的真實生命作為美學主體，以「天地正氣，古今完人」深自期許的人格要求。眾多詩人中，唯余光中透露出萬千生命、有情無情共通的強韌本質，溫婉裡的堅貞、紛繁、剛烈與渾然，呼應著余先生的名諱：壯麗的光中，那樣勁而健。

——節自〈五行無阻〉

那樣勁而健的詩的鼓舞，在明道，我升等成功了！

八年內，我又推出《現代新詩美學》、《後現代新詩美學》（爾雅，二〇一二），完成升任副教授、正教授的自我要求，在《後現代新詩美學》最晚近的文章裡，我所論述的仍然是余光中的詩篇，〈後現代語境裡「身體詩學」的探索——以余光中的詩為例〉、〈後現代環境裡「地方書寫」的堅持——以余光中的詩為例〉。在後現代語境裡，余光中有著先進的身體詩學的嘗試，同時開啟了南臺灣地誌書寫的先聲，新詩的另一個春天，從高雄出發，是余先生環繞地球一圈，定居高雄之後，所發出的雄渾而勁健的喉音，在現代詩風傳流轉的篇章中，讓世人看見南臺灣的「雄性喉結」。

余光中的詩，是抒情詩中的萬里長風，往往三四十行、五六十行的詩一氣呵成，不有段落，這是臺灣新詩壇未嘗見的霸氣，高雄的天空才有的南霸天橫空長虹！

或許，三七三句、二四九〇字的屈原〈離騷〉，可以較其短長？

二〇〇九年九月，湖北秭歸以「屈原故里端午習俗」申報世界非物質文化遺產，成功擊退了韓國政府類近的申請，第二年他們透過長年參與「海峽兩岸屈原文化論壇」的羅文玲老師，聯繫上《明道文藝》創社社長陳憲仁，知道創社伊始，余先生就為《明道文藝》撰稿，代表《明道文藝》奔赴各地演講，是學生文學獎永不缺席的評審，湖北宜昌市與秭歸縣的領導、文學界的負責人，特意組團來到明道大學，麻煩陳、羅兩位教授，專程同登余府拜訪，誠摯敦請余光中在二〇一〇年的端午節，屈原祠前，為現場數萬人、全國數千萬人朗誦新作。余先生說他已為屈原寫過幾首詩，願意回到詩的原鄉——屈原故里，再創新作，要以抖擻的蒲劍，比擬屈原的氣節，要以崢嶸的角黍，比擬屈原的傲骨，這就是長達八十五行的〈秭歸祭屈原〉。詩中曾將自己與屈原作了比擬：「你是鮭魚，逆泳才有生機／孤注一躍才會有了斷／如你，我也曾少壯便去國／〈鄉愁〉雖短，其愁不短於〈離騷〉／你阻於江湖滿地，我阻於海峽中分／你順流而下，如江水不回頭／我又何幸，少壯出三峽，還金陵／浮槎渡海，臨老竟回頭／回頭竟有岸。」——〈鄉愁〉雖短，其愁不短於〈離騷〉，就是這樣的詩句，讓我想像古今兩位詩人，離鄉去國共有的愁、共通的憂，同樣瘦而削的身影，同樣豐沛的意象，鬼差神遣，天地競馳，同模同樣啊！同樣紛至沓來，同樣面對難以抵禦的讒與譏、疾風與驚雷、冷箭兼酸雨。

這一年，明道大學校長汪大永親率屈原文化論壇團隊，陪同余光中奔赴秭歸屈原祠前，焚香，鞠躬，祭祀屈大夫。參與祭典的貴賓，一身素色唐裝，肩上披著黃色絲綢綬帶，我側身隊伍之中，遠遠望著余光中堅毅的神情，鏗鏘的聲調，兩千四百年的風沙歲月，兩千四百年的無盡想像，藉著詩，在屈原與余光中之間飛旋不停。

〈秭歸祭屈原〉的最末，余光中仿效〈離騷〉，以「亂曰」結束：

秭歸秭歸，魂兮來歸
端陽佳節，雄黃滿杯
歷史的遺恨，用詩來補償
烈士的劫火，用水來安慰

巧的是，這一年，我第一次寫詩頌屈原，也以水來溫潤，以水來安慰，題為〈上善之神——屈原的潤澤〉，同樣在端午當天，一個比較小型的「屈原故里端午詩會」。

「烈士的劫火，用水來安慰」，那種水火對比的震撼，不僅在祭屈的大會上空迴盪，也在我心中迴盪。是的，後來我也想起余光中〈五行無阻〉裡那五行五德，那堅貞、紛繁、溫婉、剛烈與渾然，用哪一德來形容余光中，用堅貞或剛烈來形容屈原最是恰適？我想著，是什麼樣多竅的心會想到用「劫火」來形容屈原的遭遇，是什麼樣多竅的心會想到用詩來補償，用水來安慰？

是余光中，八十二歲的高齡，當著四萬人的面，朗誦八十五行的長詩，不缺不漏，不卑不亢，氣勢直抵長空。

是余光中，八十七歲的高齡，再為明道大學建校十五周年「經典人文講座」首開智慧平臺，挺立全場，樹立其後十五場的高度與規模。當時在場的，不僅是明道的莘莘學子，還匯聚了來自對岸、泰國、馬來西亞、蒙古的慕賢人，凝神專注的眼神。

是詩人余光中，是明「明道」的詩人余光中，才能寫下這樣的祝福語：

先中學後大學

上游清則下游暢

先能明明德，又能明明道，這是清明的心，清暢的水流，二十一世紀的大學之道。踵武余光中的腳步，我們或許也能止於我們的至善之境，就在不遠的前方。

二〇一八年三月一日
寫於明道大學「蕭蕭書房」
原載於《明道文藝》

危崖上獨與天地精神往來的鷹
——向天涯獨行的洛夫致敬

一、或蛇或靈，抵達真實

認識洛夫（一九二八—二〇一八）的那一剎那，我認識現代詩。

這句話有現實的真實性，也有學理上的真實性。

剛上高一，我與黃榮村編校我們所創辦的文學刊物《晨曦文藝》，在彰化的書攤上初次翻閱一部從未認知屬性的書《靈河》，這是洛夫的第一部詩集，今日看來當屬抒情性濃厚的現代詩集，還未顯現洛夫的真實詩性，但已震撼少年對文學的清純心靈。

河，是現實的水、眾人習知的水，在一定的河岸間流動而入大海，但「靈河」會是什麼？「靈」從何來，「河」向哪裡隱沒？還有後來出現的《無岸之河》，那又存在於什麼樣的時空中，更惹人玄思連連，卻又不時斷、不時隱、不時沒，如沙漠中的伏流，不知何時何地才會冒出現實的地表、缺乏潤澤的心靈。

——關於現代詩，我們的迷惘不就是在這樣的一條不真實存在的靈河邊，且行且思，一面觀察一面試探嗎？

——關於洛夫，我們不是從《靈河》這樣的「靈性」大於「河性」中去認識洛夫、也因而認識了現代詩的幽微本質？

從洛夫開始，從《靈河》開始，我們一直在靈活的詩性中去認識人性。

《靈河》，真是一開始就顯露洛夫其人、其詩的本質。真正接觸洛夫以後，才發現《靈河》的「靈」有太多可能的釋義。洛夫雄辯滔滔，在眾多詩人群中拔地而起，試看所有前輩詩人的詩集，如果有序，哪一篇不是日常散文式的溫婉言語，絮絮叨叨，有著母姐型的叮嚀，但洛夫詩集的序文，盡是滔滔東流之水，時時呼應著當前自己的詩作，幾乎，我閱讀所有論述洛夫詩作的文章，沒有不引述他的觀點，沒有不籠罩在洛夫的論理之中。洛夫的詩序，有如《靈河》的「靈」，總是閃現出你未曾預想的釋義。

洛夫今日辭世，我知道，他所留存的三十多部詩集，依然如懸河一般，在詩史中，滔滔不斷，濺起浪花四處飛散。

至少，「超現實主義」就是其中主流，不可能聲漸息、音漸散，光芒稍稍減弱。

我曾經將洛夫所代表的超現實主義，說是時代的現實與心靈的超現實化合所成，特別稱之為「化合性美學」。所謂「化合性美學」，是指兩種以上屬性不同的美學作為，瞬間結合，因而產生另一種出乎意料之外的新的美學。特別指明的是這種瞬間結合所產生的變化，屬於化學變化，完全改變原來的物的本質，所以新產生的美學既不同於原有的甲，也不同於原有的乙，而是令人耳目全新的成品。例如：將燒紅的鐵絲置入於純氧中，鐵與氧可以迅速化合成不同的氧化鐵，這時候的「氧化鐵」既沒有鐵的堅硬本質，更不是氣態物質，而是一種赤褐色、無定型、不溶性粉末。例如：在有氧的空氣中燃燒氫，氫與氧化合成為「水」，這時候的「水」是由兩種氣態的物質化合為液態的存在。例如：「鈉」是一種柔軟而微微發亮的金屬，「氯」是一種毒性氣體，這兩種元素化合所產生的「氯化鈉」則是白色的結晶體（鹽）。此種化合性的變化，有時還能有連鎖性的作用，一變而再變，令人目不暇給。例如：「氫」與「氮」化合成「氨」，「氨」與「二氧化碳」又化合成「尿素」。「化合性美學」的美，大部分來自這種連鎖性的作用，其中當然包括讀者參與所引發的想像氣漩。

這樣說「超現實主義者」洛夫，其實不夠鷹視雄風，我寧願用時下年輕人所說的「超酷」、「超帥」意味著「真酷」、「真帥」，來體會「超現實」三個字其實就是「真的現實」。只是這「真的現實」不是當前你我生活裡凡常的「現實」，而是歷史長河裡靈動的「人性現實」。這樣的現實，最逼真、最傳實的人，不是社會化、制約化（更不要提政治化）的兩腳動物，而最逼真、最傳實的語言，不是規格化的圈圈點點，所以，容許河邊的人沒有耐心的指指點點吧！

今年年初，九十一歲的洛夫整理出版他的動物詩集，那麼清晰的動物書寫，他偏稱為《昨日之蛇》。世俗的人會認為洛夫返老還童，寫作動物，寫作童詩，沒錯，在〈自序〉裡他真提到七、八歲時鄉下念小學，躡手躡足去抓蜻蜓，一追一趕，竟走出一里之外的往事。這是洛夫的現實，我們共有的現實，但詩的真正現實，是洛夫想要體認動物與人相同的、宇宙之神所賦予的生命感，一種自然的存在，彼此的應對與聯繫，從而讓讀者照見自我、照見生命。

動物詩集，選擇「蛇」作為集名，冀望的不就是像蛇一樣活靈、自在的生命追求？冀望的不就是通過或蛇或靈，抵達真實——世人不一定看透看徹的那個真實。

解構唐詩，解構現代詩的洛夫，到另一個世界去了，誰來繼續解構真實、解構詩，甚至於解構洛夫呢？

也罷

天，就讓它那麼藍著

淚，那麼鹹著……

二、或魔或神，橫闖天地

一九二八年，歲次戊辰，龍年，洛夫出生。

關於龍，孔子說：「吾不能知，其乘風雲而上天。」龍是騰雲駕霧，升天入淵，沒有任何時空可以拘限的。孔子講這句話的時候，其實前面還引用三種現實的動物加以襯托，他說：鳥，我知道牠能飛，可以飛得很高，甚至於沒入雲霄；魚，我知道牠會游，可以潛游到很深很深的深谷、深潭，深不可測的深淵；野獸，我清楚牠會跑、會跳、會彈、會躍，不容易尋覓蹤跡。孔子應該也是捕獵的高手，他自信地說：會跑、會跳、會彈、會躍的，可以用網罟去捕獲；會游、會泳、會泅水的，可以垂綸、釣線去誘惑；飛在樹上、飛在空中的，還可以用矢、用箭、用矰繳去射擊、獵捉。但是，龍呢？乘風乘雲，飛天入谷，誰有幸親眼目睹，誰又能親手繫縛？

孔子心目中的「龍」是老子，我心目中的詩壇之龍是戊辰年出生的洛夫。

「龍能大能小，能升能隱；大則興雲吐霧，小則隱介藏形；升則飛騰於宇宙之間，隱則潛伏於波濤之內。」《三國演義》裡的曹操這樣形容龍，我們不是也可以這樣形容洛夫的詩？

他往往與天使共舞，之後，

奮力抓起
地球　向天空擲去
精確地命中我心中的另一星球

這就是洛夫。能升，飛騰於宇宙之間，能隱，潛伏在波濤之內，或者我們所不能知的某處。

戊戌年農曆二月二龍抬頭的第二天，新曆三月十九日凌晨，詩像龍一樣的洛夫，飛騰了，潛伏了，或許是匿藏在我們所不能知的某處遊走。

然則我們的懷想要寄託在哪裡呢？

那能大能小，能升能隱的能量，往後是不是只能在他的詩中繼續逗引我們追索？

回想一九九〇年二月，有感於洛夫詩作，意象瑰奇，不可捉摸，往往超乎常人想像之外，我廣蒐洛夫詩作的全部評論，兜為一集，命曰《詩魔的蛻變——洛夫詩作評論集》，由楊平所主持的「詩之華」出版社隆重發行。從此，「詩魔洛夫」成為專有名詞，這魔力，無限揮灑於華文詩壇的峻嶺、深壑、平野。

古來就有詩聖、詩仙、詩佛，讓人著迷。其實也有詩魔、詩鬼的稱號，令人疑惑。古典詩歌中的詩鬼是李賀，天馬行空，迷離詭異，喜歡用「鬼」字入詩，因而有詩鬼之名。「詩魔」的稱號，指的是平白近人、老嫗能解的醉吟先生白居易，只因為他在〈醉吟二首〉中有這樣的詩句：「酒狂又引詩魔發，日午悲吟到日西。」因刻苦而稱魔，似乎也不十分貼切「魔」字屬性，歷史上少有人在論述現實主義詩人白居易時，應用這個稱號，二十世紀末，遇到「詩魔洛夫」，似乎這稱號就逐漸淡出白居易的評述，成為洛夫所專有。

洛夫是該專擅「詩魔」這個稱號的。

大學時代我們不該著迷於這樣的詩句：「我以目光掃過那座石壁／上面即鑿成兩道血槽」，「而我確是那株被鋸斷的苦梨／在年輪上，你仍可聽清楚風聲，蟬聲」？

目光如何能在石壁上鑿成兩道血槽，鋸斷的苦梨年輪上如何可以聽清楚風聲、蟬聲？不是我們的理性、我們的智慧所能說清，但那種說不出的、壓臨的苦悶、愁鬱，無法排解的憤懣，卻是那個時代，這一省、那一省，這一岸、那一岸，共同的痛！

或者，青年以後，我們心中蹲踞的那隻鷹，如何期望衝破藩籬，飛出自己的天空，洛夫《隱題詩》所選擇的那些詩句——取來作為詩題的，一一都為我們內心的焦渴在嘶喊：

．危崖上蹲有一隻獨與天地精神往來的鷹
．我什麼也沒有說詩早就在那裡我只不過把語字排成欲飛之蝶
．深山無墓無碑碑上無名無姓正所以天長地久
．春醒後我將以融雪的速度奔回

《隱題詩》其實是「顯題詩」，這些詩句都是洛夫自己所珍視的警語，重新擷取下來作為題目，試著去發展新義，試著去開發新的驚奇，冒更大的險，撞擊自己撞擊人生。

深層認識洛夫是在大學畢業後的服役期間，蹲伏在洛夫《石室之死亡》的金門石室裡，沉澱自己、卻又翻滾思緒，交戰天人、卻又馴服自己，我以三萬字的長文評述洛夫的五十行詩篇〈無岸之河〉，隨洛夫思考人生，翻轉文學，隨洛夫精挑細揀可能的言語，鍛鑄可能的意象，在「幻」與「魔」、「奇」與「險」之間騰跳，我深深知悉，不有三萬字，無法翻尋這首〈無岸之河〉，沒有三兩三，如何上得了新詩的梁山？不經過這魔法的迷障，如何出神入化在新詩的大宇小宙中！

洛夫騰雲而去了，留下許多雲罩霧罩的詩篇，豐富了現代詩的傳奇，我們樂於在這魔法下，窺探雲端一鱗半爪，懷想那「乘風雲而上天」的詩人，他會不會「春醒後以融雪的速度奔回」？

三、或漂或泊，獨尋天涯

四月十一日天色昏沉，辛亥路的山頭上小葉欖仁正吐露新芽，滿山翠綠迎人，我隨張默、向明、辛牧、林煥彰等詩友默默送洛夫遠行，洛夫這一次是真的遠行了！洸洋天涯獨尋而去，再也沒有人知道他的行蹤，沒有人知道他所要尋覓的信息。

一九九六年洛夫選擇移民加拿大，他認為這是屈原式的自我流放，是繼一九四九家國大流徙之後的二度漂泊，四年後他以整整二〇〇〇年一年的時間寫作三千行長詩，翌年出版《漂木》（聯合文學出版社，二〇〇一）。「漂木」是他選擇的意象，作為他生命學、詩學、哲學最後的依歸與象徵，那年他七十三歲，可以縱心所欲，可以優游自如的年歲，三千行長詩中卻處處顯露「漂」的「滄桑」感，「木」的「蒼勁」味。這一生，從他的詩行間，煙之外，無岸之河，魔歌，獸，我們感受到他一直陷落在「尋求精神家園而不可得的狀態之中」，即使一九四九家國大流徙是時代的不得不然，一九九六的二度漂泊卻是洛夫的自我抉擇，但他仍然視之為心靈的放逐。在《漂木》裡，大陸故土的今日現實，洛夫認為應該勁健有力的黃浦江卻「脂肪過多而日趨色衰」，可以浪漫的秦淮河夜色竟是「趕走了麻雀飛來了蒼蠅」，多麼不堪！眼前育成他的寶島雖然林木蔥鬱，但真實的臺灣面目卻是：「內部藏著日趨膨脹的情慾」、有著「大量貪婪的沉澱物」。原始的故鄉，不可得，生存憑藉的家鄉，不可居，洛夫出走了，漂泊了，自我流放了！

漂，隨水隨風，無定無止的～～漂。

泊，船塢暫棲，港灣暫歇的～～泊。

雪國加拿大，鮭魚的故鄉溫哥華，會是永遠的棲處地嗎？一九九六到二〇一六的二十年間，洛夫從未停歇過大陸（好多好多不定的點）、臺北、溫哥華之間，或久或暫的遷移，是因為鮭魚的啟示嗎？原想定居的天涯——溫哥華，仍然只是洛夫漂泊的歇腳處，天涯美學裡的「天涯」。然而當他窩居加拿大的「雪樓」住家時，或許，臺灣、金門、大陸，又是生命裡的另一種天涯，另一種想望。

彼岸，天涯，想望，造就洛夫生命裡的新詩美學嗎？

鮭魚，返鄉，思念，刺激著洛夫回溯生命的東方源頭嗎？

二〇〇〇年就已寫成《漂木》，二十一世紀竟然只是他「天涯美學」的實踐？

這裡泊，那裡棲，何處是彼岸，何處是歸依？

曾經「做著棟樑之夢的／追逐年輪而終於迷失于時間之外／的木頭」，那天涯漂流的木頭也曾經是一棵樹，一棵巨碩的華蓋之樹啊！那是少年、青年、中壯之時的華蓋夢、棟樑夢。

這華蓋夢、棟樑夢又會是什麼樣的夢圖呢？可以在他的詩中索得嗎？可以在《漂木》裡領會嗎？

十八年來，每次重讀《漂木》，都覺得詩中漂流著不安的詩的靈魂，《漂木》是洛夫二十世紀生命思索之所得，那得，卻是天涯的想望與家的糾葛，然後洛夫以整整二十一世紀裡的十八年歲月去實踐這「得」，無所謂永恆不永恆的天涯美學。

望著辛亥路上滿山頭的翠綠，吐露新芽的小葉欖仁，我知道危崖上會有一隻鷹，獨與天地精神往來的鷹，默默俯視人間世；會有一縷煙，在廣邈的天空，飄向未可知飄向天涯飄向靈魂深處……

那是詩的冒險，靈魂的冒險，無所謂永不永恆的洛夫的冒險美學。

按：此三節文字分別發表在《聯合報．副刊》（二〇一八年三月二十日），《文訊》三九〇期（二〇一八年四月號），《創世紀》詩雜誌一九五期（二〇一八年六月號）。

老兵張拓蕪

「我寫過拓蕪。」詩人鄭愁予這樣跟我說。
「在老師寫的〈賦別〉詩裡嗎？」

山退得很遠，平蕪拓得更大，
哎，這世界，怕黑暗已真的成形了……
——鄭愁予〈賦別〉

民國四十四年由「現代詩社」發行的《夢土上》，已經著錄這首詩，寫作時間當然更早。這一年，是我來到臺灣的第八年，在彰化八卦山腳的國小大禮堂，或者蕭家數百年的芒果樹下，巧遇許多阿兵哥，說著鄉音極濃的普通話，山東腔、湖南腔、安徽腔的各種話語，我興奮地以剛學會的零碎國語去採取他們語音中的真誠、話語後的不安，十幾歲離家，飄海渡峽，上岸尋找安身的立錐之點，在孤立的海島，除了茶綠色的同袍，哪裡是自己的同胞？過去，回不去的過去，泥濘不堪的來時路，何忍重踏？未來，尚未到來，飄搖在風中的箏、斷了線的箏，它會是怎樣的面貌、怎樣的鳴聲？

這時，我還無緣遇到張拓蕪，他跟我一樣拿著屁股大的小板凳，對著五燭光的小燈泡，翻著手掌寬的小字典，生吞活剝，就是要認識完四萬個中國字，不認識好四萬個中國字如何說得盡芒鞋踏過的萬水千山！如何吐得盡胸腹間滿腔的不平之氣！我是隨著老師慢慢摸索，他是憑著字典，生吞活剝。在相同的時間裡，我們做著相同的吸納工作，他是大陸來的阿兵哥，我是臺灣土生土長的小學生。

一九四七——同時認識臺灣

我這個臺灣土生土長的小學生是一九四七年「降臨」臺灣，一般大陸來的阿兵哥要遲至一九四九年才隨著時代大遷徙成為漂流客，但張拓蕪遷徙的路線卻有些特殊，一九四七，不先不後，他這一年來臺駐防，幾個月後隨部隊再返蘇北，第二年他又自動來臺了，一九四九之前臺灣海峽來回就這麼走兩遭，是怎樣的機緣讓他情繫臺灣，願意重來？這樣的機緣會讓他更親近這片土地——離安徽很遠的海島嗎？

同樣從一九四七開始認識臺灣，小學生的我在八卦山的山林、田野奔馳，阿兵哥的張拓蕪在臺北近郊的林口、苦苓林沉思。我有親人在大樹下、三合院長住久居，有宗族在農田裡、鳳梨園春耕夏耘，張拓蕪沒有親人在臺可依，沒有龐大的宗親可以作為他的後盾，雖然「張」是全中國漢族姓氏的第三大姓，顯然他沒有從這個大姓中得到任何好處。因此，我們對臺灣的「愛」就會有所不同？

——其實，更可笑的是：我們為什麼要比較誰更「愛」臺灣？有人比較過李白跟杜甫誰更「愛」唐朝嗎？蘇軾跟蘇轍誰更「愛」眉山？守株待兔的農夫與揠苗助長的農夫，誰比較「愛」宋國？

一九六五——一九七三　率先認識詩

搭不同的船卻在同一年到達臺灣的我們兩人，真正碰面、認識，是在一九六五年之後，我進入輔仁大學，那時他已在香港出版詩集《五月狩》（香港：五月出版社，一九六二），獲得國軍第一屆文藝金像獎新詩短詩第二名，詩作入選《七十年代詩選》、《中國現代詩選》（大業書店，一九六七）、《中國現代文學大系》（巨人出版社，一九七二），筆名「沈甸」，大學時我們沉迷的，現代人所寫、我們卻不一定理解的現代詩。

根據香港書話作家許定銘的觀察，臺灣詩人卻能在二十世紀的香港出版詩集，只得四人，一組是一生只出版一本詩集的沈甸《五月狩》、瘂弦《苦苓林的一夜》（後來的《深淵》、《瘂弦詩集》都由此延伸增補），一組是「藍星」詩社重要的兩位創社大老，《鐘乳石》的余光中、《石柱集》的夏菁。（許定銘：《醉書札記．港版臺灣詩人的詩集》，秀威，二〇一一，頁九十一）許定銘特別提到「五月出版社的那批書中，我最喜歡的，是印得很漂亮的，沈甸的《五月狩》。那是本三十二開薄薄的詩集，封面用白底，黑、紫雙色的構圖，有一幅粗線條柴枝人形樂手在吹小號，占去三分之二版面，極具抽象的動感。四十多年後記憶猶新的小書，是由秦松裝幀、楚戈插圖的，而那位名不見經傳的詩人「沈甸」，亦即是日後非常著名的散文家，寫《代馬輸卒手記》系列的張拓蕪。」（《舊書刊摭拾．五月出版社的書刊》）後來在追悼沈甸的文章中，他引述沈甸的〈後記〉：「這呼喊充塞著整個東方的峽谷，我們便從峽谷的陰影裡走出來。而我的詩想就從那些呼喊裡，那些陰影裡擠迫而出。」（《許定銘文集：悼沈甸．左殘．張拓蕪》二〇一八年七月八日，https://huitingming.wordpress.com）大量引述香港人的見聞，因為我們見到的《五月狩》已是精裝本素樸無華的布質封面了。

或許就如「沈甸」的筆名所含蘊的，沈甸的詩是沉甸甸的心頭壓力擠壓著的詩，沉甸甸的時代陰影擠壓著的詩，沉甸甸的東方峽谷擠壓出來的詩。

因為沈甸，我認識了兩系列的詩人藝術家，一是安徽系列的詩人，羊令野（黃仲琮，一九二三—一九九四，安徽詩人最敬重的鄉長）、大荒（伍鳴皐，一九三〇—二〇〇三）、張默（張德中，一九三一—），在新詩的進程上給我許多啟發與激勵，勇於從古典的雅緻中邁步而出；另一是五公系列的詩人藝術家，歪公商禽（羅燕，一九三〇—二〇一〇）、溫公楚戈（袁德星，一九三一—二〇一一）、冷公辛鬱（宓世森，一九三三—二〇一五）、木公秦松（秦維鍬，一九三二—二〇〇七）、毒公沈甸（一九二八—二〇一八），他們願意自我調侃，相互激發，處處跨界，時時出軌，在詩與藝術上觸類旁通，發展出現代藝術的極光現象，衝激著詩的破與立。

見面時，張拓蕪不談詩，厚重的身材，厚實的嗓門，關懷的是我的學問有沒有充實，是不是繼續在讀書、在研究，這是失學年代的人所最在意的，失學的他期望看見詩學的我。

長輩詩人直接叫我蕭蕭，詩人時期的沈甸也叫我蕭蕭，張拓蕪時期的散文家則稱我為蕭老師，我知道，那是對文字、對文化、對學術的移情與敬重。

一九七三──獨力拓展散文平蕪

一九七三年，沈甸退役了，卻也中風了，詩壇上從此少了一個詩人沈甸，文壇卻憑空蹦出一個散文家張拓蕪，一個因為上級剋扣軍糧而代替「馬」在扛砲、拉砲，代替「馬」在負重運輸的小卒，「代馬輸卒」跳上了華文世界的散文平蕪，開展出堅韌生命力、陽剛生命力的雄性散文。

司馬中原在最早的《代馬輸卒手記》序言，說他「用腳步丈量他自己的生命，使他的夢裡有了本民族無限的江山」，說他「咬著牙，踢開明天升起的太陽」，說他「由生活跨進了歷史」。與張拓蕪同為「現代派」的鄭愁予，撇開散文的兩大屬性「感性」與「知性」，直指張拓蕪的散文得自於生命之真、天地之真──「率性」。他們真是認識張拓蕪的友朋，不用剖腹即見肝膽。張拓蕪是散文史上最先啟用「代馬輸卒」字詞的人，謙虛使用「手記」的散文家，《代馬輸卒手記》竟一馬當先，成為散文界的黑馬，第二冊、第三冊……接連出版，該用什麼相續而不重複的書名？「拿著小板凳對著小燈泡翻著小字典」識字的張拓蕪，用的是：手記、續記、餘記、補記、外記，結結實實，拔地而起，撼天而響！

一個鐵錚錚絕不向命運低頭的漢子。

一個出生於一九二八年六月二十八日的老兵，卻在二〇一八年六月二十八日的小菜生日宴後，互道珍重再見時放聲哭泣。

大家都在想，是不是桌邊那一封，七月一日生效的剋扣軍糧的「重新計算通知函」所造成？

二〇一八年六月二十九日寅時，一個鐵錚錚絕不向命運低頭的漢子，老兵張拓蕪逝世，距離一九二八年六月二十八日整整九十年，距離二〇一八年七月一日短短兩天。

二〇一八年七月十三日　瑪麗亞颱風過後兩天

原載於二〇一八年八月《文訊》三九四期

認識卡夫，我們的生命有了厚度

一、跟農夫一樣勤奮的卡夫

讀小學時，認識農夫、漁夫、樵夫這幾個詞，我們知道他們是種田的人、捕魚的人、砍柴的人，個性踏實而純樸。

讀中學時，我認識臺灣本土前輩詩人桓夫（陳武雄，陳千武，一九二二—二〇一二），有人讚譽他是現實經驗論的藝術功能導向者，青少年從南投名間被抓去南洋為殖民者作戰，因而詩中充滿被殖民的愁與怨，後來定居臺中，為文化定音而努力，他所籌設的臺中文化中心是全臺首座多功能文化場域，從此臺灣各縣市跟著仿學，才有了今天地方政府的文化格局。讀大學時，認識超現實主義的美學實踐者洛夫（莫洛夫，一九二八—二〇一八），從湖南衡陽來臺，又漂流到加拿大溫哥華，晚年就在臺加中這三地間遊走，繼續創新他的詩的世紀，華人的詩的世紀。這兩位前輩詩人好像各自象徵著臺灣新詩的兩股活水源頭，Y字頭上那兩頭。

我認識的第三位以「夫」為名的詩人——卡夫（杜文賢，一九六〇—二〇一九），祖籍廣東，出生新加坡並在新加坡教書，最近數年卻以他的活力衝擊著臺灣詩壇，曾經參與臺灣幾個主要詩社，優游於臺灣詩學吹鼓吹詩論壇、野薑花、乾坤、臺客、掌門詩社。卡夫，臺灣新詩Y字型模另一個不被注意的出口。

卡夫——杜文賢，我很好的詩友，雖然跟他很熟，但也沒問過他為什麼叫卡夫？直覺裡認為跟寫作《異鄉人》、《審判》的法蘭茲·卡夫卡（Franz Kafka）相關，或許可以理解為「不卡」的「卡夫卡」。香港的余境熹大概也是這種想法，他為卡夫「截句」所寫的誤讀專書就叫《卡夫城堡》，不就認為「卡夫」和「卡夫卡」一樣都有自己的城堡？

也或許，卡夫就只是卡夫而已，卡夫認為自己不過是凡夫俗子，農民、漁樵一樣的凡夫俗子！

二、我不再活著，詩活著

最初認識卡夫時，他請我為他的詩集《我不再活著》寫推薦文。初接詩稿，心中不免嘀咕，第一本詩集耶，怎麼就叫《我不再活著》？

後來，我想起白萩說過的話：「今天的我殺死昨天的我。」詩人應該勇於否定自己，隨時歸零出發！所以，卡夫也這樣隨時提醒自己：我不再活著。

當然，林煥彰就在我面前寫的詩句也一閃而過：「活著，認真寫詩；死了，讓詩活著。」所以，卡夫也提醒自己認真寫詩，即使肉體的我不再活著，也要讓詩活著。

二〇一九年十月十八日以後，我隨時翻閱卡夫的詩集，卡夫的詩，活著。

我坐在時間的窗口，伸手要捉住走過的聲音。
張開一看，是詩的眼淚。
我相信，生命不過一首詩的長度。
詩有心跳聲，清心聆聽，那是一種美麗的呼吸。

三、生命不過是一首詩的長度

卡夫說：「生命不過一首詩的長度。」

這是一種以生命寫詩的決志。

在臺灣，我所熟知的詩人前輩，很多人都以詩當作一生的宗教、信仰，對他們而言，詩是道場，詩是教堂。卡夫就是有著這種決志的詩人。白靈在推廣截句的那兩三年，卡夫是所有詩人朋友中竭盡全力在協助他的，不僅是自己寫作兩本截句，還編選新華截句選，評讀兩冊截句，即使是二〇一九年六月以後，幾度出入醫院，疼痛難熬的時刻，他心心念念還是如何寫作截句，如何斷讀，如何調整行數。我親眼目睹，無限心疼。

六月十一日，我飛了三千公里，只有一個目的，到新加坡探望卡夫。因為若爾．諾爾——新加坡詩人，在繞行地球的旅程中，特別飛到臺北，跟我見面，告知我卡夫的實際狀況，諾爾跟我的判讀應該是類近於危急，我必須即刻飛往新加坡。

當晚，卡夫和鄭憶安排我住在離醫院最近的旅店中，卡夫、一諾（卡夫的長公子）和我共處一室，共度人生難得的一晚，難以忘懷的一個晚上。那晚，疼痛仍不時襲擊卡夫，疼痛來時，卡夫抱著自己，不言不語，我和一諾靜下來，我們都不知如何幫助他，很長的一段靜謐時間，料想卡夫應該昏睡過去，我悄悄走下床鋪，悄悄過去探視他，他蒙著頭，闃無聲息。我想，面對著幼子，面對著長兄，卡夫不管疼痛多巨大都不會洩露出一絲一縷吧！但，這會不會是他更疼痛的一個夜晚！

過了一段時間，疼痛過去，詩又探頭出來，他又會輕聲地問：蕭蕭兄，我來寫「病中雜記」的詩好嗎？

不，你寫「困中雜記」吧！不要有生病的感覺。我這樣回應他。

整個晚上就這樣重複著：卡夫忍痛／無言相對，卡夫不痛／詩是唯一的話題。

「生命不過一首詩的長度」，然而當疼痛難熬，癌魔難以割除的時候，其實我也不知道如何回應「詩」的韌度如何與生命比強！

四、詩的韌度能有多強！

那樣疼痛難忍的日子，我只陪卡夫一天。這是現實的無奈吧！

七月以後，我只能每天寄一首療癒的詩《撫觸靈魂　風的風衣》代替我陪伴他，就像信佛的朋友為他誦經一樣。六十六天過去了，全集六十六首都寄給他了，封面、繪圖都傳給他了，似乎也沒能減緩他的疼痛——鄭憶從未傳來一絲絲卡夫胰臟不痛的訊息。

七月到九月，我只能在臺灣利用臉書的Messenger，閱讀他在新加坡寫的困中雜記，這雜記，他有一搭沒一搭地寫，應該是疼痛加劇，每日劇痛的次數更為頻繁吧！

有一天，我寬慰他：「就把自己當作退休人士，可以坐，坐；可以臥，臥；可以寫，寫；可以讀，讀。」不要勉強自己。

他回我的是：

「可以坐，坐；
可以臥，臥；
可以寫，寫，
可以讀，讀。
我讀到禪也讀到詩。」

而且，幾分鐘後又傳來：

「坐，可以是坐
站，可以是站
躺，可以是躺
臥，可以是臥
可以延伸成詩是什麼。」

我還高興了幾天，因為他進步到：可以想，想！

五、誰來增強我們生命的厚度？

這樣的高興，只維持了幾天。

十月五日下午，他說：「蕭蕭兄，謝謝您。有些話一直在猶豫不決，不知道該說嗎？說了徒增您的悲傷，不說以後就沒機會說了。」

「年輕時臺北離我很遠，若不是您，我不會有機會靠近臺北，沒想到這麼快又要遠去，這是天意。我現在身體虛弱，無法做化療。吃不下東西，已經瘦到五十公斤，個人衛生無法自理，無法出門，到醫院需要坐輪椅，嘔吐與疼痛，我已交代後事，醫院已經問我萬一昏迷不醒要搶救嗎？我可能很快就走了，您我今生情緣應該到此為止，感謝您對我的照顧與幫忙，有知己如您，足了！」這是他最後的告辭的話，他要遠行了！

短暫的詩緣，卻助成了臺灣許多詩社與詩社之間情義的匯流，助成了新加坡與臺灣詩壇的交誼，助成了東南亞各地截句的寫作熱潮，助成了明道人文團隊推動的雲天平臺、日月潭詩會，增厚了生命與生命相知相惜的厚度！

也或許，卡夫認為自己是農夫、漁夫、樵夫一樣的凡夫，但他卻選擇了可上可下，上下一線通的「卡」字，那麼，卡夫的天上、凡夫的人間，還是有詩可以相繫相連吧！

二〇二〇年六月二十日　近端午之日

原載於二〇二〇年七月五日《中華日報・副刊》

詩脈人生的兩座脈源

二十世紀的七〇年代，八卦山上的南投地區成立了詩脈詩社，多山的南投以「脈」作為社名，頗有地理的標誌作用，與臺中沙鹿的後浪詩社，豐原的笠詩社，在那個時代儼然有著中部「山海屯」鼎立的情勢。作為創社的領頭羊，岩上在《詩脈》的創刊號上強調我們投下三個願望：「一、繼承中國詩的傳統，一脈相承，使詩的命脈永遠綿延奔流。二、探討詩的來龍去脈，把握詩的本體，建立正確客觀的理論批評根據。三、以精心誠懇的態度為詩把脈，希望對詩及詩壇的某些病態有針砭的作用。」他將山脈的脈擴大解釋為詩的命脈，為「脈」的地理意義提升了象徵意涵。

岩上（嚴振興，一九三八—二〇二〇）與王灝（王萬富，一九四六—二〇一六）在最近的五十年，都是南投藝文界重要的礦脈所在，中部學界所倚重，挖掘不完的資產。

但王灝，走了。出生於一九四六年，選擇二〇一六年離開；一九四六來到埔里茄冬腳，二〇一六驚蟄之日選擇從熟悉的茄冬腳雲遊四海去了。

岩上也於二〇二〇年八月一日晚間十一點五十分卸下世間苦難，留下一冊最後的詩集《詩病田園花》（致出版，二〇二〇），逍遙遠行了。

無所用心但默坐的王灝

王灝與我同樣出身中文系：他在陽明山上、我在泰山山腳。同樣來自鄉野：他棲息南投山城、我出入彰化八卦山山腰、山腳。

同樣沉默寡言：

洛夫曾當著王灝和我的面，笑說：如果你們兩人跟蘇紹連相約聊天，很可能三人靜坐一個下午什麼話都沒說，天黑時，大家卻覺得聊得相當愉快，相約「下次再聚」，洛夫說，出聲說這句話的一定是蕭蕭。

山對山，無語；平原接連平原，無語；天地與夕陽都無語。我們，會不會說了太多？

己巳年（一九八九）王灝送我兩幅禪畫，一幅題曰〈無所用心但默坐〉，畫著四個老和尚自在而坐，坐姿、面向各有不同，或安詳，或安然，一片和怡。從大一開始，我跟南懷瑾老師學禪，我所體會的那種禪境，王灝用一句話、一幅畫「無所用心但默坐」，就道盡了那種況味，這畫，掛在書房裡，每次望著它，我總覺得其中某一個和尚可能是王灝的化身，隨意閉著眼，無言，卻彷彿又向我說著什麼。無心，無所用心，王灝的一生或許也可以用這幅畫、這句話來理解。

另一幅畫稱為〈獨白〉，「獨白」原是戲劇用語，指戲劇中人的內心戲或自言自語，余光中曾寫過一首詩〈獨白〉，說是：「最後燈熄，只一個不寐的人／一頭獨白對四周的全黑」，指熬夜的白頭髮的自己，即使四周都已暗黑，仍然繼續熬夜、奮戰，「也不管多久才曙色」，那是「不共夜色同黯的本色」。余光中的獨白是白髮皤皤的自我寫照，是理想追求的堅持，他翻轉了約定俗成的戲劇獨白之意。王灝的〈獨白〉則另有一種幽默、詼諧，屬於顏色與語意的錯接，他又翻轉了余光中，畫中他畫了五位老者，四個穿著或黑或灰的似袈裟或道袍之類的棉衣，雙眼微閉或微啟，各自沉思，依然不相對話，無所用心但默坐，第五位則是一襲純白衣物，微張著口，是嘴在喃喃獨白，還是衣著獨白而已？或是禪學中的悟境只可意會不能言傳的獨白？王灝拈花，或許有人會微笑哩！

一九八五、八六兩年，王灝藉《自立晚報》、《臺灣時報》兩報副刊，大量發表有關埔里山城的散文《大埔城記事》、《鄉土采風》、《庄里行腳篇》系列散文，輔酉同鄉至交梁坤明（一九四五—）的版畫，藝文界從此認定「王灝＝埔里」「埔里＝王灝」。一九八九年，在我擔任編輯顧問的合森文化公司，我策畫推出「散文村」系列作品，敦請美術顧問陳輝龍製作，《大埔城記事》就是首波問世的文學書。前些日子再度拿出來審閱，陳輝龍布紋畫面設計的封面華麗，王灝風土素描樸拙，反差的效果令人想到王灝純厚的外表下探索不完的繽紛的靈魂與悸動。

埔里，王灝，繫連得如此緊密，再沒有一個小鎮，藝術、藝術家、民俗、說書人，繫連得如此緊密了！

王灝真走了嗎？山城常民生活的空間，處處留存王灝的詩、文、書、畫，人到埔里，隨時都會遇到王灝那特殊的字、特殊的曲折線條，彷彿憨厚的身影還在跟你飲食、泡茶、吹笛、揮灑……

番薯，草根，鄉土，常民，俚俗，任何一個詞彙好像都可以貼切形容王灝，卻又都不能含括他。

無所用心但默坐，憨厚而逍遙，世間、雲外，王灝一直都是這樣的心靈、這樣的身影啊！

詩病田園花未說完的火茶蟬岩上

認識岩上時，他新搬來八卦山上的碧山岩附近，我則隨先祖早早定居於八卦山腳清水岩北面兩公里處。我們都清楚，八卦山與八卦山脈的三座佛寺，同列為「彰邑八景」，這三座岩寺由東而西、由北而南，分別是：碧山岩、虎山岩、清水岩，這「彰邑八景」中的四景，八卦山穩穩實實，特別命名為「定寨望洋」，其他三寺則分稱「碧山曙色」、「虎岩聽竹」、「清水春光」，那時是清道光十年（一八三〇），彰化縣城包含了今日的臺中縣市、南投和彰化，幅員廣大，但八卦山脈就據有了八景之四，應該有她特殊的靈氣在。其他四景是豐亭坐月（彰化市區，約當今日彰化文化局後面山邊，也屬八卦山脈）、龍井觀泉（臺中龍井）、珠潭浮嶼（南投日月潭）、鹿港飛帆（鹿港海濱）的水月映像。

我雖沒正式問過岩上的「岩」如何而來，但「岩」與岩上的本姓「嚴」音同，就詩創作而言，以「岩」作為「嚴」的意象化詞語，可能是最基本的繫連，但彰邑三岩的地理聯想、岩寺的佛道因緣，或許也有著烘托、助成的功效。

岩上雖然出生於臺灣嘉義，但長期生活在南投草屯地區，讀的學校是臺中師範、逢甲大學，任職的中小學，從事的堪輿學、命理學研究、太極拳教學，都在舊稱磺溪的中彰投，一九六六年參加「笠」詩社（那時「笠」的重心在中部的桓夫、林亨泰身上），一九七六年與埔里王灝等人創辦「詩脈社」、發行《詩脈季刊》，晚年定居的田園就在九九峰南側，所以我說他是臺灣詩壇日據時期詩人林亨泰、桓夫、詹冰之後的新一代詩人，與白萩、趙天儀、楊牧、林煥彰等同輩詩人各自嶄露頭角，頂一片天，而且是詩人群中最接地氣、人氣、山林氣的一位，不負中央山脈、詩脈的「脈」，不負岩上的「岩」。

岩上最後的詩集《詩病田園花》，是由五個名詞集合而成的書名，但「病」字會特別彈跳出來，兩篇序文──簡政珍的〈病痛的美學距離〉、向陽的〈老病之苦·頑強之詩〉──幾乎都聚焦在病字上，就是這種傾向的具體指標。如果回返檢視他這冊詩集的編輯，他是以八個字、八個名詞加以分卷的：「詩、病、田、園、花、火、茶、蟬」，作為集名的前五個字是人人可見的生的歡愉和苦痛，但隱藏在「火、茶、蟬」這三卷的《易》的領悟，卻更值得珍視。

「火」，是「四大」裡最猛烈的一個字，岩上用來隱喻不按肌理脈絡生成的人間管道造致的危險，用來作為死亡招手的手勢，用來悼念去世的詩友。「茶」卷所輯入的作品是秋後的氣象，秋色、秋氣、秋楓、秋雲，而後成就最主要的意象「茶」，彷彿經過「火」的熬煉，「茶」卷始能「修得一片內勁風骨」，流通齒舌，有了仙人的狂想，而後才有「蟬」卷的悟得。

「蟬」卷是由蟬的知了之聲與無知之知，去碰觸同音的「禪」，是我與我的內在省思，迴轉在有與無之間，不可丈量、不必丈量的距離。岩上的晨間靜坐，睜開眼睛看見了「晨曦中的疊翠群山，幾隻白鷺鷥悠然飛過」，那是《莊子・大宗師第六》所推許的「在太極之先而不為高，在六極之下而不為深，先天地生而不為久，長於上古而不為老。」彷佛司空圖《二十四詩品・流動品》裡，岩上喜歡的「超超神明，返返冥無」，與物推移……

二〇二一年三月　春夏之間

原載於二〇二一年七月一日《掌門詩學刊》七十九期

送管管回陶淵明的桃花林

一、管竹的管管如今宜小醉

「如來者，無所從來，亦無所去，故名如來」的如來佛，並不一定給天上天下每個孫悟空的額頭安上「緊箍兒」，我們認識的那位就從「春天像你你像梨花梨花像杏花杏花像桃花桃花像你的臉你的臉像胭脂胭脂像大地」那麼長的瓜藤溜了下來，他從來沒有戴過「緊箍兒」。

戴「緊箍兒」的人會這樣唸：「春天像你，你像梨花，梨花像杏花，杏花像桃花，桃花像你的臉，你的臉像胭脂，胭脂像大地……」教育部也喜歡。

沒戴「緊箍兒」的人可能這樣唸：「春天像。你？你像。梨花？梨花像。杏花？杏花像。桃花？桃花像。你的臉？你的臉像。胭脂？胭脂像。……像春天。」文化呢？文化像呀！真正的文化部可能會喜歡不戴緊箍兒的人。

不戴緊箍兒的人偶爾也會像大直走過來的、新店坐車來的，很正常的，沒有意外的，說一句正常人的話：「春天像秦瓊宋江成吉思汗楚霸王」，多有活力的春之日。當然，很正常的，沒有意外的，他會來上一句正常人愣住的話：「秦瓊宋江林黛玉秦始皇像『花非花　霧非霧』。」一切，在這當下，在這「截斷眾流」的當下，戛然而止。

不是「春天像秦瓊宋江成吉思汗楚霸王」？回文式的，逆推回去，就應該是「秦瓊宋江林黛玉秦始皇像春天」嗎？

當一切的一切，這花這雲這天空這手這髮這雲雀，這一切的一切都像春天的當下，他那樣嶄然、截然、肯定地否定著，而且拉著國民詩人白居易一起否定：花「不是」花，霧也「不是」霧。

花都「不是」花了，春天怎麼可能像你？

霧都「否定」霧了，你怎麼可能是春天？

就在這連串的擬似遭受斷然否定的當下，愣然的那四分之一秒，是不是也有緊箍兒突然撤離的涼意？是不是霎時明瞭誰都不該將緊箍兒束在我的額頭上、你的額頭上、詩的額頭上？

「如來者，無所從來，亦無所去，故名如來」的如來佛，並不一定給天上天下每個孫悟空的額頭安上「緊箍兒」。

二、管山的管管如今宜遠遊

「若有無量百千萬億眾生，受諸苦惱，聞是觀世音菩薩，一心稱名，觀世音菩薩即時觀其音聲，皆得解脫。」若是，《西遊記》裡的觀世音菩薩如何會將如來佛傳授的緊箍咒，再傳給唐僧，去束縛孫悟空呢？我們認識的那位孫悟空至少就不受這樣的窒礙。

我們大家都不知道人有著六面牆，上下前後左右六面牆，「堯舜禹給你一些牆，唐宋元明給你一些牆，親戚朋友給你一些牆，驢給你一些牆，螞蟻給你一些牆，社會學校給你一些牆，李耳給你一些牆，黃巢給你一些牆，國家給你一些牆，春秋戰國給你一些牆，芙蕖給你一些牆，燕子給你一些牆，希臘給你一些牆……」我們認識的那位孫悟空知道，知道你不知道的「牆」的存在，甚至於知道「宇宙」（那是空間之極大）也是一面牆，「死亡」（那是時間之極至）也是一面牆，我們在六面牆之中，但是他的詩不是只是要你知道「牆」的存在，而是要你思考：

「怎樣才是無牆之吾？怎樣才是非牆之牆？」

沒有緊箍兒的、我們認識的那位孫悟空，像禪宗公案那樣留給我們機鋒語：「也不能去做水中之水火中之火」，是啊，水中之水火中之火，是物中之物、精華中的精華，是可以從物質的原理上破牆而悟的，那「落日、李白、胃病、菸酒、鄭板橋、敦煌、月亮、萬里長城」給你的牆，跟「堯舜、唐宋元明、親戚朋友、驢、螞蟻、社會學校、李耳、黃巢、芙蕖、燕子、希臘……」給你的牆，是不是也會有「思理中的思理、無中之無」可以直取牆中之牆？

禪宗公案那樣的機鋒語還包括：「也許可以燃燒但絕不會化為鳳凰！」毀牆、拆牆、燒牆，不會燒出舍利子，也不會有鳳凰從火中飛出！

如果你是你自己的孫悟空，沒有緊箍兒的孫悟空，「堯舜、唐宋元明、親戚朋友、驢、螞蟻、社會學校、李耳、黃巢、芙蕖、燕子、希臘……」「……落日、李白、胃病、菸酒、鄭板橋、敦煌、月亮、萬里長城」，就不會是你人生中的「牆」，詩裡的「牆」。

三、管水的管管如今宜恬睡

三藏法師，是一種敬稱，尊崇佛教界精通三藏「經、律、論」三大類別的法師，所以除了唐朝的玄奘之外，還包含了東漢的安世高、東晉的鳩羅摩什、法顯、唐代的另一位義淨法師等等都擁有這種敬稱。面對這種敬稱，我們熟知的唐三藏，唐朝的玄奘法師，翻譯了七十五部佛經，會不會有一部經典是要在人的額頭安上「緊箍兒」的？所以，孫悟空是自由的、自在的。

我們認識的那位孫悟空，臺灣詩人白靈說他「詩絕、人絕、髮絕、衣絕、裝扮絕、表情絕、說話絕、唱腔絕、肢體動作絕，畫陶畫詩更是一絕」，大陸詩人黃粱說他「大膽潑辣奇怪」：「一卸超現實，二卸語法，三卸形象思維，四卸意象，五卸節奏，六卸主題關注，七卸章法，八卸自己。」十絕、八卸，這樣的孫悟空，如何有緊箍咒拘囿著他，當然天上人間，騰跳自如。

他的詩：

「那裡曾經是一湖一湖的泥土」
「你是指這一地一地的荷花」
「現在又是一間一間的沼澤了」
「你是指這一池一池的樓房」
「是一池一池的樓房嗎」
「非也，卻是一屋一屋的荷花了」

——〈荷〉

這詩是不是破除了名相，不隨名相而流？泥土、荷花、沼澤、樓房，盡皆是暫有的假象，循環著我們暫有的喜樂哀愁，一間、一湖、一池、一屋、千愁、萬恨，是不是也是另一種假有？

天上人間，另一種假有，他自然可以騰跳自如。想像中，他大步走出八大山人的煙雲山水、魏晉七賢的竹林青翠，留下詩，正趕向陶淵明那老頭的桃林深處。

〔附註〕

1. 宋．辛棄疾〈西江月．示兒曹以家事付之〉：「萬事雲煙忽過，百年蒲柳先衰。而今何事最相宜？宜醉、宜遊、宜睡。／／早趁催科了納，更量出入收支。乃翁依舊管些兒，管竹、管山、管水。」
2. 《金剛經．威儀寂靜分第二十九》：「如來者，無所從來，亦無所去，故名如來。」
3. 《妙法蓮華經．觀世音菩薩普門品》：「若有無量百千萬億眾生，受諸苦惱，聞是觀世音菩薩，一心稱名，觀世音菩薩即時觀其音聲，皆得解脫。」

二〇二一年五月十日

原載於二〇二一年六月《文訊雜誌》四二八期

蔡文甫健步而行的啟發

最近整理寫作五十周年的散文作品《心靈低眉那一刻》，列出這五十年來的散文書目，剛好三十二冊，其中，從一九八四年的《太陽神的女兒》開始，有十六冊是由蔡文甫先生（一九二六—二〇二〇）的九歌、健行編輯出版的，這一半／一半的數據，說不定可以誇張地說，一個「九歌」出版社撐起了臺灣半個文壇，「九歌」與眾多文學出版社平分了文學天下。

這十六冊散文集，有傳統的散文集子，也有測字故事的玄想紀錄，禪宗公案、禪詩機鋒的辯證實錄，蔡先生的眼界、胸懷，將它們都納入了可以出版的行列，將文學的路走得更寬更廣，由九歌而健行，普羅、普及、普遍，不把文學供奉在神壇上，卻將藝術迎入了生活的日常，尋常的巷弄，提升了大眾的心靈，綠化了沙漠。

「九歌」四十歲時，我曾說：「九歌」是離我家最近的文學出版社，隔著一條鐵道

（後來改建為市民大道），九歌在道之北，我在道之南，九歌臨八德，我倚敦化，九歌成立於一九七八年，一九八〇我住進復旦橋邊，與她為鄰，相伴四十年以上。作為一個讀者，我可以就近先讀為快；作為一個作者，我可以快速取得校樣，完成校稿，在同一批出版的書籍中搶得最先上機印刷的機會，雖然這無關乎銷售成績，卻有一種天朗氣爽的喜悅。其實，最重要的是我可以隨時見到蔡先生，在當時，我們兩人是少數中學國文老師又兼有作家身分的人，他常跟我討論的是，這個詞是這樣用的嗎？這個字放在這裡恰當嗎？他拿著紅筆，圈著字詞，溫和地質疑報紙上的文章，他是一個勤快的人，一大早就閱遍所有的報紙，我不能不跟他一樣勤快，不能不跟他一樣字斟句酌。

一九八八年蔡先生另外接手健行出版社，而且身體力行「健行」兩個字，在世紀交替的前後一、二十年，天剛發亮的時候，我總會在國父紀念館所在的中山公園遇到他，手上轉滾著兩丸鐵球，像日月交互著運轉，永不停息，同時兩腳又在疾行中，所謂天行健的現實人生榜樣，風雨無阻，讓我也加緊了自己的步伐。有時我晚起，他已完成晨運，也會在街角、巷口，停下來，鼓勵我幾句。

剛剛我又檢討了《心靈低眉那一刻》散文集裡的作品，仍然發現有一半的作品發表在《中華日報》，雖然臺北不容易買到《中華日報》，雖然蔡先生早已不再負責編務，我仍然習慣性投稿，習慣性閱讀《中華日報》新聞雲，習慣性參與他創立的專欄作家社團的例常活動。

行，健行，手上轉滾著兩丸鐵球像日月交互著運轉的蔡先生形象，是我生命裡、寫作上，永遠的典範：唯健行者，行！

二〇二一　夏至

原載於李瑞騰主編：《蔡文甫先生：凡夫俗子不凡不俗的一生》（九歌，二〇二一）

附錄

蕭蕭散文書目（二〇二二年一月）

01．《七個印象》，彰化：大昇出版社，一九七六年五月。
02．《美的激動》，臺北：蓬來出版社，一九八一年二月。
03．《流水印象》（《七個印象》新版），臺北：蓬來出版社，一九八一年三月。
04．《穿內褲的旗手》，臺北：蓬來出版社，一九八二年三月。
05．《來時路》（《穿內褲的旗手》新版），臺北：爾雅出版社，一九八三年十一月。
06．《太陽神的女兒》，臺北：九歌出版社，一九八四年十月。
07．《美的激動》（新版），臺北：文鏡文化公司，一九八五年四月。
08．《稻香路》，臺北：九歌出版社，一九八六年五月。
09．《感性蕭蕭》，臺北：希代書版公司，一九八七年四月。

10．《與白雲同心》，臺北：九歌出版社，一九八八年九月。
11．《一行二行情長》，臺北：漢光文化公司，一九八九年四月。
12．《測字隨想錄》，臺北：合森文化公司，一九八九年九月。
13．《神字妙算》，臺北：漢藝色研公司，一九九〇年八月。
14．《字字玄機》，臺北：健行文化，一九九〇年八月。
15．《八字看平生，一字透玄機》，臺北：健行文化，一九九一年二月。
16．《忘憂草》，臺北：九歌出版社，一九九二年三月。
17．《每一滴水都有他自己的聲音》，臺北：耀文圖書公司，一九九二年十月。
18．《站在尊貴的窗口讀信》，臺北：九歌出版社，一九九三年十月。
19．《47歲的蘇東坡，47歲的我》，臺北：爾雅，一九九四年六月。
20．《禪與心的對話》，臺北：九歌出版社，一九九五年三月。
21．《心中昇起一輪明月》，臺北：九歌出版社，一九九六年四月。
22．《詩人的幽默策略》，臺北：健行文化，二〇〇〇年三月。
23．《父王．扁擔．來時路》，臺北：爾雅出版社，二〇〇一年十二月。
24．《詩話禪》，臺北：健行文化，二〇〇三年一月。
25．《暖暖壺穴詩》，臺北：紅樹林文化，二〇〇三年四月。

26・《放一座山在心中》臺北：九歌出版社，二〇〇六年十一月。
27・《管簫二重奏》，臺北：九歌出版社，二〇〇九年十月。
28・《少年蕭蕭》，臺北：幼獅文化，二〇一〇年十一月。
29・《稻香路：蕭蕭農村散文新選》，臺北：九歌出版社，二〇一三年二月。
30・《快樂工程》，臺北：九歌出版社，二〇一六年一月。
31・《亂中有序》，新北：新世紀美學，二〇一七年一月。
32・《心靈低眉那一刻》，臺北：九歌出版社，二〇二二年一月。

九　歌　文　庫　1369

心靈低眉那一刻

國家圖書館出版品預行編目（CIP）資料

心靈低眉那一刻 / 蕭蕭著 . -- 初版 .
-- 臺北市 : 九歌 , 2022.01
面 ;　公分 . -- (九歌文庫 ; 1369)
ISBN 978-986-450-379-7 (平裝)
863.55　　110019692

作　　者 —— 蕭蕭
責任編輯 —— 李心柔
創 辦 人 —— 蔡文甫
發 行 人 —— 蔡澤玉
出　　版 —— 九歌出版社有限公司
臺北市 105 八德路 3 段 12 巷 57 弄 40 號
電話／ 02-25776564・傳真／ 02-25789205
郵政劃撥／ 0112295-1

九歌文學網　www.chiuko.com.tw

印　　刷 —— 晨捷印製股份有限公司
法律顧問 —— 龍躍天律師 ・ 蕭雄淋律師 ・ 董安丹律師
初　　版 —— 2022 年 1 月
定　　價 —— 320 元
書　　號 —— F1369
I S B N —— 978-986-450-379-7
9789864503865（PDF）